趙麗宏文学作品

朗朗書房

北京朗朗书房出版顾问有限公司
荣誉出品

假如失去了真诚

赵丽宏文学作品 卷17
Works by Zhao Lihong on Literature

诗歌卷·诗歌情怀篇

赵丽宏 著

中国出版集团
现代出版社

图书在版编目（CIP）数据

假如失去了真诚 / 赵丽宏著 . -- 北京：现代出版社，2014.8
（赵丽宏文学作品；17）
ISBN 978-7-5143-2575-1

Ⅰ . ①假…　Ⅱ . ①赵…　Ⅲ . ①诗集—中国—当代　Ⅳ . ① I227

中国版本图书馆 CIP 数据核字（2014）第 164130 号

假如失去了真诚

作　　者　赵丽宏
责任编辑　张　霆
特约编辑　田　渊
出版发行　现代出版社
通讯地址　北京市安定门外安华里 504 号
邮政编码　100011
电　　话　010-64267325　64245264（传真）
网　　址　www.1980xd.com
电子邮箱　xiandai@cnpitc.com.cn
印　　刷　北京兴湘印务有限公司
开　　本　650mm × 970mm　1/16
印　　张　24
版　　次　2014 年 8 月第 1 版　2014 年 8 月第 1 次印刷
书　　号　ISBN 978-7-5143-2575-1
定　　价　39.80 元

…… **致读者**

…… 赵丽宏：静水流深

出版人　呼延华

至性情怀逸洒人间，如椽劲笔抒写春秋。

赵丽宏先生，自梦想起微，或农耕田野，或行走山川；或泛舟书海，或沉浸乐律；或意兴书艺，或撷趣简笔；或际友文坛，或独坐静思。无论身处文革乱世中的黑白颠倒，八十年代文化思想的狂热，还是九十年代商品化大潮冲击下的价值迷失，抑或世纪之初经济崛起过程中的道德缺席，他恒守真善美，不懈追求光明。童心、青春，大地、故土，命运、灵魂，人世的欢与悲，生活的爱与痛，艺术的变与止，都在他那支笔下粲然生辉。亲情的微语、时代的回响、历史的脚印、远古的叹息、异乡的天籁、人迹和自然……四十年行笔，一声声浅吟低唱，在他的作品中宛如清溪穿行于葱茏密林，曲调悠远。

啼鸟鸣春，人间回暖。作家灵感的羽翼，或翱翔于无尽的天际，或栖息于沉默的怀抱。赵丽宏的早期散文，如破冰春风，倏然而至。刻画往事的艰辛，畅叙青春的激扬，用语谦冲平和，文风隽永真挚。《小鸟，你飞向何方》里钟情泰戈尔的小女孩，《雨中》放学回家的孩子们，生命草，铺路者，独轮车，茉莉花，海之歌，雨花石，物语幽思……灵性与深刻兼具的散文篇章映现世态，更见情感皈依。编读赵丽宏，沉浸于他早期的散文世界，共鸣于他的独语，悲喜于他的奇遇。画面清丽，沁人心脾。

亲情和回忆是作家宏大叙事的主题。身处思想启蒙文化勃兴的八十年代，赵丽宏没有愤世嫉俗，不作激昂文字。他用生活的原色和人伦之美，以平和笔触和浓郁抒情，铺陈出一串串晶莹的瞬间：童年足迹，青涩琐忆，舐犊情深，父子悯怀，款款铭刻于心。即便那些来自荒唐时代的痛彻回忆，时而哀伤，时而愤怒，但你从他文字的底蕴里，仍可洞见对真情和灿烂的求索。《他在人间》《旷野的微光》《永远的守灯人》《氿畔》《炭火，燃烧在雪地里》《队长》《纺织娘》《岛人笔记》……他编织出一条抒怀之途，字里行间情真意切，祈望黎明溢于言表。

屐痕之美，成为赵丽宏书写心怀的曲水流觞。从青年梦想到中年情怀，作家的心路历程在河山图卷中徐徐展开。临清风，对朗月，登山泛水，意酣歌。《五老峰遐思》《戈壁魂》《晨昏诺日朗》《山湖琴韵》《长江魂魄》《永康记幽》《日月金字塔》《白夜之旅》《沉船威尼斯》……他把对大地的缱绻编织进自己的生命，他把尘世的纷扰决绝于心灵之外。充满感性的描述和咏叹，恰似他自己创作的清唱剧，个性凸显。但他所追求的个性化，对这个世界深具意义。他以内心的博爱，记载着踏访过的一山一石、一草一木、一水一城，并赋予斑斓而恣肆的色彩。他心系天地苍穹，眼睛里拥有一个阔朗的世界。

作文贵有根，根之所系，非止亲情，非止经历，犹在家园。守望家园之城，是赵丽宏万千诗文篇章中最跌宕的交响。浸染着泥土与江海气息的故乡上海，这个开埠170年历史的悲欢之城，以驳杂与多元、屈辱与骄傲、凋零与繁华、混沌与光明、古朴与时尚、精微与浩瀚，赋予赵丽宏诗情奔涌的创作源泉。品阅《上海抒情》《上海的脚步》《童年的河》《走出石库门》《淮海路的表情》《香山路梧桐》《小楼昨夜春风》《回眸南京路》《夕照中的等待》《城市之美》……历史和现实中的“上海表情”，因文字而更加丰腴。

读到黄浦岸边，你能听见情侣们的甜蜜低语、孩子们的天真笑声；读到豫园，便能看到亭台楼阁，古木葱郁；读到苏州河，你能感受一个城市守望者激浊扬清的强烈渴望；读到夕照中的老人，便会发现那里面灵魂的坚持……健朗的笔触，动情的文字，明亮的初心，相融相生，掠影浮光，美若朝曦。守望家园的赵丽宏，以真实生活为底板，举凡市井风情、社会迁变、城市景致……触物咏怀，尽收渊阁。借朴实散文，发挚诚情愫，这是历经转蓬离乱的作家最深刻的扎根所在。他心里的一串串珍珠，是对故园的一往情深，是对上海的浓切情思。我蓦然发现：这个深夜提笔才情卓绝的文学家，自有一片绿荫匝地的精神家园，只因他纯净如斯的心灵中，植入了一棵馥郁葳蕤、根深叶茂的家园古树。

赵丽宏的文学世界，并非只由回忆、故土、亲情、游历所构筑。他是一个传统的知识分子，痴迷读书，喜爱书画，浸于音乐，犹钟艺术赏藏。他观艺察象，沉迷之中的感知、触动、赏析、慨叹……引人唏嘘，令人陶醉。

旋律如梦。交响乐中音符跌宕，隽永笔下势态起伏。温婉的摇篮曲调，多舛的黑翼天鹅，柔丽的提琴奏鸣，傍着作家的人生情感，完美契合。编读赵丽宏的音乐随笔，品味作曲家的炽热典雅，正是敞开心扉、涤荡浊绪的佳途幽径。瞧！作家细数音乐往事，儿时的提琴梦想，如今的诗人心绪，都洗濯于诗句的溪流中："我是一只快活的蜜蜂，/萦飞于蓓蕾初绽的花林。/羽翼，透明而又晶莹，/扇动着一阵阵馥郁的清芬。"更播撒在浩瀚的宇宙间："呵，天边，又隐隐地响起了雷声，/前方，或许会有更为神奇的风景！"谐韵而生的语言，随韵而起的乐章，幽幽落落，驻人心魂。魂所依，情所绊，依绊至深，艺术陡生。赵丽宏的艺术随笔趣意盎然：写意的树根造型，执着的幽暗舞步，简洁的断臂雕像，精致的书刊装帧……宏与微、续与断、幻与静、举与止，都系于文字的真与美。作家思忖之处，艺术博雅之间，门类遍及：篆刻合书印，食古而吐秀；木雕之面具，深藏朴与犷；手卷与尺牍，沛然漾古风；申窑绘彩釉，火中呈异彩。大到园林巨厦的个性设计，小至玲珑古玉的意蕴独具，艺术品与艺术家，在作家妙趣舒缓的文字中，亲切而不失深沉。文理细腻，脉络明晰，随笔尽处，余韵不绝。

散文是铺陈的诗歌，诗歌是凝练的散文。在赵丽宏的文学世界里，诗歌一直是他绵如细雨的心曲。他以诗人的才情瞩目文坛，以想象的翅膀放飞天空，以敏锐的触角感知大地，以意境的追求托物言志。四十年清平洗练，成就篇篇卓尔不凡的诗作。《雪花，雪花》中那莹洁的白花，《江芦的咏叹》那解剖心灵发自肺腑的倾诉，《舞忆》中"我梦里出现过的精灵"，《黄河故道遐想》中曲折动情的人生况味……轻吹的气息，释放的触觉，瞬息之中，灵感已围城。叩击闭锁的门墙，呼唤心底的诗章，恰似诗人在《早春之咏》中所写："出土便是宣判冬天的

末日 / 尽管寒风仍在江边呼啸横行。”藩篱冲破，再植花木，语言园林，葱葱郁郁。然而，天地的广阔浩荡，自然的渺渺无期，更令诗人神往。融合时空，跨越意表，他慨然写下：“四方的庭院 / 封锁不住自由不羁的心 / 举头向天，天上有古时的明月 / 也有未来的风云和星辰 / 俯首问水，水里有远去的故友 / 也有冥幻中的美人和精灵。”神游太虚、意尽思穷之时，复归故土、提炼诗艺之日——长诗《沧桑之城》焕然诞生。苏醒的理性与感情交汇，潺湲的情意与思想争鸣，短促的诗行，灵动的节奏，吟咏出一曲家国故园的深情赞歌。

灵感泉涌，诗文凝结。赵丽宏的文学成就，并非来自信马由缰的想象的旷野，亦非来自都市一隅的孤芳自赏。四十余年来，他曾于乡下陋室，摸索黑暗，以孤独之语排遣孤独；他曾于四步斋内，结友朋之契，体人伦幽婉；他曾于黄浦江边，发诗文之韵，通天意渺渺，载道于无心不为人迁。许多文坛前辈和文学师友，以关爱和真诚，与他相逢在文学这个幽谧的花园里。巴金先生德高年劭，用真挚高尚的文学心魂，秉烛照亮作家的文学路径；守护暖灯、驱散寒意的冰心先生，给赵丽宏寄来创作的信念；秦牧先生笔端的潮汐，推动年轻的风帆启航远行……文学的路途如何漫长，先驱的身影便如何光明！

四十年文坛耕耘，赵丽宏行板如歌。文明泛青的脚印，早已卷起历史的炊烟。诗人赵丽宏，作家赵丽宏，依然沉浸在他一以贯之的宁静里。与赵丽宏面对面，你永远听不到慷慨激昂之语。平缓的表述里，你似乎难以发现历史镌刻在他心中的爱与痛；安然的目光中，你也无法察觉四十载春秋的波澜起伏。所有的悲欢哀乐，都隐藏在他清澈深沉的文字中，让人读而心动。静水流深，这正是赵丽宏和他文学创作的真实状态。

十八卷作品，辑自先生迄今版行的七十余书卷，积两年又半之功，编纂甫成。聊作序语，比较先生诗文如彼壮丽的篇章，诚惶诚恐。

二〇一四年七月

记于朗朗书房

…… 自序

…… 我愿意做一块礁石

趙麗宏

读书和写作陪伴了我大半辈子。写作对有些人来说也许是一种追求时髦、与时俱进的事业，而我却始终认为，这应该是一件以不变应万变的事。这是我自己选择的一种生活，是我的人生。万变的是世事，是永远花样出新的时尚，不变的应该是一个写作者的心境，是他对人生的态度，即所谓在喧嚣中寻宁静，在烦扰中求纯真。这几十年，我努力让自己保持这样的心境。

岁月和命运如曲折湍急的流水，蜿蜒于原野山林，喧哗，奔流，定无轨迹。在水中，你可以是浮萍游鱼，随波逐流，可以漂得很远，却不知所终；你也可以是一块礁石，任激流冲击，浪花飞溅，却始终保持着自己的安静和沉着。我愿意做一块礁石。

我最初的写作，其实是在乡村“插队落户”时的日记。在一间狭窄的茅屋中，在一盏飘忽幽暗的油灯下，一颗年轻的心抒写着对自然的迷恋，对人生的憧憬。那时的写作，不为发表，没有想过要把自己写成一个作家，只是感觉文字和我有缘，写作驱赶了我的孤独，使我的精神世界变得充实，使我在困苦的环境中思考人生的意义。四十多年来，我的人生曲折起伏，经历了各种不同的时代和环境，然而文学一直是我亲密友善的旅伴，写作已成为我的生活方式。文学之于我，恰如那盏在黑暗中燃烧的油灯，尽管人世间风向来去不定，时起时伏，只要心里还存着爱，存着对未来的希冀，这灯就不会熄灭。我的文字，便是这灯光在我心里的辐射。这辐射衍化成文字，记下了我所感受到的时代、人性和自然。和文学结缘，是我此生的欣慰。

巴金先生曾在他赠我的书中为我题写过这样两句话："写自己最熟悉的，写自己感受最深的。"这是他对自己一生写作经验的总结，也是对后辈的一种鞭策，我一直铭记在心。说真话，抒真情，这是每一个写作者遵循的原则。离开了真，便无以为美，也无以为善。

编这套文集，源自出版界朋友的一片真挚的热心。将我四十多年写作的文字汇编成十八卷文集，是一个浩大的工程，我没有勇气和精力做这件事。这套文集的策划编纂者呼延华先生和他的编辑团队不辞辛劳，从选文、编目到编辑出版，历时两年半，为之呕心沥血，辛苦了无数个日夜，将我的各类作品作了精心细致的搜集和梳理。很多连我自己都不记得的文字，也被他们从那些无人注意的角落里找到，收进了文集。读者即将看到的这十八卷文集，汇集了我的大部分作品，是我大半世人生的缩影，也是我跋涉的屐痕、情感的留影，是我的生命以文字形式长出的枝叶，开出的花朵。它们并非天香国色，只是文学大花园中的一个小角落。出版如此规模的一套文集，也许无利可图，我从一开始就有些怀疑，这样的计划，能否付诸实施。如今，面对着堆成小山一般的书稿清样，感慨万千。一个写作者，能遇到这样真诚执着而有气度的出版家，是我的幸运。我深怀感激。

二〇一四年夏日

于四步斋

第一辑　海的翅膀

第二辑 冬的思索

第三辑　自然之子

第一辑 海的翅膀

梦　　境

一

母亲躺在床上吐血，
唇边的血变成了一朵花。
母亲啊母亲，
你要对我说些什么？
我站在田野里，
身上披着寒冷的雪。
我要走向母亲，
脚却被冰雪封冻。

母亲微笑着凝视我，
她的目光像花一样芬芳，
她把花吐到天上，
花瓣满天飞舞，
落满了我的全身。

我身上的雪融化了，
我和融解的雪一起
化成了一条流动的河，
河面上，漂旋着红色花瓣。

二

恋人，你站在地平线上，
站在彩色的霞光里，
你流着泪向我招手。
你的手多么柔软，
你的笑多么凄凉，
你的身体把美妙的曲线描绘在天幕上……
我想呼喊你，
嘴里却发不出声音；
我想奔向你，
脚步却被路上的泥泞羁绊。
多么想拥你入怀抱，
然而我的手再长也够不着。

你说，做人多么苦恼，
想聚首相依，却天各一方，
分离难道是人生的必然？
你说，要是做鸟多好，
做鸟，就能比翼双飞，
在辽阔的天空里自由翱翔；
你说，要是做鱼多好，

做鱼，就能随波逐流，
在清澈的流水中幽会。
生而为人，你我只能被江海分隔，
日夜守望……

恋人，你站在地平线上，
我摸不到你，吻不到你，
我无法擦干你脸上的泪水。

三

在梦里我遇到了我的诗，
没有激动的“啊”，
也没有迷茫的省略号，
他们是一群没有笑容的孩子，
在我的周围奔跑，
烈日晒黑了他们的肌肤，
他们戴着金黄的草帽。
我想和他们交谈，
他们却一哄而散。
我想把他们抓住，
他们像精灵一样逃跑。
岛上的天地那么高远，
天上和地下都是他们的穴巢。

我的诗戴着草帽，
在芦草萋萋的荒滩舞蹈；

我的诗戴着草帽，
在阴云迷漫的天空舞蹈；
我的诗戴着草帽，
在波涛涌动的海面舞蹈；
我的诗戴着草帽，
在陌生的人群里舞蹈；
我的诗戴着草帽，
在不知通向何方的道路上舞蹈……

四

观背影是窈窕美女，
回头却看见青面獠牙。
红色的袍子里裹着什么？
轻轻一撩，
只见白骨花花……

五

油菜花灿烂如金，
只是香气太醉人。
走在花地里腾云驾雾，
一不留神就踏入陷阱。
陷阱里黑暗无边无际，
从底下吹来寒风阵阵，
身体在急速坠落，
心却往上飞升……
身体像四散崩溃的沙土，

心是一只展开翅膀的鹰。
身和心在黑暗中分离，
我不知道该上升还是下沉。
慌乱中忽闻惊雷爆炸，
黑暗被炸成碎片，
碎片又变成金色的花瓣，
光芒四射扎痛我的眼睛。
……

（此时梦醒，斑斓的天光照得我目眩，窗外传来春雷的余音。）

六

帷幕拉开，华灯耀眼，
台上排列着交响乐团！
音乐像神奇的雾，
在空气里飘荡弥漫……
大大小小的提琴不见人拉，
弓和弦却在自动摩擦震颤；
长笛和黑管像飞舞的箭，
在奇妙的旋律中翩然悠转；
金色喇叭像朝天怒放的花，
喷洒出晶莹透亮的雨点；
鼓和钹像高山和月亮，
从天上传来嘹亮的呼喊；
还有优美的竖琴，
像一个文静的少女

坐在舞台一侧，

灵巧的手，

把晶莹的珍珠撒入玉盘……

我想奔向这乐队，

却发现手脚都套着锁链。

（醒来，床前一地月光，田野里飘来阵阵秋虫的鸣唱……）

1970年11月于崇明岛

哑　　巴

我发现自己快成为哑巴，
因为我不知道说什么话。
心灵的门关得那么紧，
乡风只能在门外喧哗。
我看见一个个一张一阖的空洞，
那是周围许多陌生的嘴巴。
声音却仿佛从另一个世界传来，
那么遥远，那么神秘，
如潮汹涌，如雨沙沙……
你们在说什么？
为什么我没法回答？

我不是天生的哑巴，
却渐渐忘记了说话。
声音使我产生隔膜和恐惧，
隔膜和恐惧使我闭上嘴巴。

唉，话还是要说说，
只是不知道说些什么。
无话可说，我心乱如麻……

1970 年深秋

火　　光
——冬夜断想

假如，坐上一只小小的舢板，
没有船桨，也没有篷帆，
没有舵把，也没有指南，
头上，是呼啸横行的风暴，
身边，是劈头盖脸的浪山。
只有海鸥凄厉的呼号，
在灰暗的天空里时续时断……
只有鲨鱼惨白的牙齿，
在起伏的波浪间一闪一闪……
你说，你说，我该怎么办？

是绝望地闭上眼睛，
幻想浪潮把我冲上沙滩？
是虔诚地大声祈祷，
乞求信风把我吹进港湾？

不，我不愿用这愚蠢的天真，
接受命运严峻的挑战。
死神，已经无情地站在我的面前！
然而，面对这样的绝境，
即便猛士也只能望洋兴叹……
你说，你说，我该怎么办？

哦，我要燃起熊熊的火，
在那迷惘而昏暗的夜间，
没有木柴，可以拆下舷板，
哪怕，让整个小船化成一团烈焰。
倘若这世上还有清醒的眼睛，
就一定能发现我心中的呼唤。
烈火的煎熬，当然万分苦痛，
希望的光亮，却滋润心田。
或者，让火光成为我生还的信号，
或者，让火光成为我葬礼的花环……

1970 年冬于崇明岛

致 李 白

多么想追随你的脚步
天南海北，天上地下
登山看瀑布
下海逐长鲸
走长江，下黄河
攀天姥，踏昆仑
行万里路，写万首诗
这样的人生
何等激动人心

你是高飞在天的雄鹰
我是什么呢?
我是困守在笼中的鸟
世界在远离我的地方
不可望，更不可即
我的翅膀已失去飞翔的功能

只能在你的诗句里神游了
在神游中，倾听你的歌唱，
追寻你遥远的脚印……

1971 年 2 月于崇明岛

友　　谊

有时你很淡
淡如透明的流水
从污浊中缓缓淌过
你使我看见
世界上
还有水晶般洁净的心地
哦，哪怕你凝缩成
一次紧紧的握手
一声轻轻的“保重”
一首短短的小诗
甚至只是意味深长的一瞥……

有时你真像
寒风里萧瑟的芦苇
叶枯根焦
茕茕孑立

几乎失却生命的颜色
然而在泥土下
有冻不死的芦笋
有割不断的根须
真的，即便在
最寒冷的夜里
我也能感受到
你温暖深沉的注视

1971 年初春于崇明岛
1981 年 3 月改

花之杂咏

桃　花

你知道吧，这些日子，
村头的桃林像一片粉红色的云。
她们是春天羞涩的表情，
使我想起你脸上的红晕。

梨　花

下雪的日子，她们躲在树枝里，
暖风一吹，她们花开如白雪。
是叫人庆幸摆脱了寒霜的纠缠，
还是引人追忆隆冬里的冰清玉洁？
看她们摇曳生姿的模样，
仿佛在说：当然是春天好，
埋藏在心里的杂色尤怨，
在春雨里通通开成纯洁的白花。

蚕　豆　花

白色、紫色和黑色，
构成了她们的形象。
有人说她们“黑心肠”[1]，
象征着阴险和死亡。
我却把她们看作春天的笑容，
世界上，每个的笑容都不一样，
只要是真诚的笑，
都应该受到赞赏。
她们的笑容孕育着绿的果实，
这样的笑难道你忍心诅咒？

荠　菜　花

最不起眼，却最是清新
田头路边，到处是她们的踪影。
小河里溅出的滴滴春水，
天上落下的点点晨星。

荞　麦　花

因为朴素而不登大雅之堂，
可谁能否认她们的纯真？
花谱上找不到她们的名字，
美丽的风姿依然属于她们。
天然的柔美远胜过刻意的装扮，

① 因蚕豆花瓣中间有黑色，故民歌中有“蚕豆花开黑心肠”一说。

再细微的春色也逃不过热爱自然的眼睛。

紫云英

贴地而生，她们是最卑微的草，
遍野怒放，她们是最亮眼的花。
绿色的大地袒露红色的心，
春雨中燃烧着赤诚的激情……

1971 年春于崇明岛

累

现在才知道这个词的含义，
浑身的筋骨散了架，
每一个关节似乎都已经脱臼，
每一块肌肉仿佛都挨过鞭打，
昏花的眼睛里冒着灿烂的金星，
耳朵里灌满了来自另一个世界的喧哗……
坐下便再也站立不起，
躺下便成为一具瘫痪的骨架。
只有脑子还活着，
我用残存的力气，
在脑海里描绘美丽的图画——
一个身心健全的人，
面对着宁静的海洋，
用一把小提琴倾诉心中的情话，
琴声像飞翔的鸽群，
托着他飞向远方，

那里有他爱情的归宿，
有柔软的床，清凉的书房，
还有微笑和鲜花……

1971 年盛夏于崇明堡镇电厂工地

问　　号

神秘的幕帷撩开了一角，
虔诚的期待竟化成轰然一爆。
魔术大师也无法这样阴阳突变，
昨天是神，今日成鬼，
世态的轨迹谁能预料？
太阳的光芒为什么无法融化
包藏着阴谋的冰壳？
亲密的战友为什么仓皇出逃？
墙上还流淌着他红色的笔迹，
还有那高举红书时的微笑……
他留给世界一串巨大的问号

光荣和辉煌就这样突然坠毁，
烈火在异国的沙漠上熊熊燃烧。
世界上没有一个人“永远健康”，
伟大过了头就是卑鄙和渺小。

1971 年 11 月 5 日深夜，听闻林彪死讯之后

采 芦 花

北风起了，芦花开了，
苇海里一片白花花，
天上像扬着万朵小雪片，
飘呀，飘呀……

来了，姑娘们来了，
唱着歌儿采芦花，
一条条小船苇丛里钻，
摇哇，摇哇……

芦花仿佛也有情，
舔人脸，拂人衣，轻轻拍肩胛，
姑娘乐得禁不住声，
笑啊，笑啊……

笑声里，姑娘轻声问芦花，

采你派啥用，知道吗？
自古来，只闻芦花报荒凉，
今日呵，咱要你成为垦区的报春花！

嘿，采下芦花把鞋打，
踏冰雪，穿着它……
呵，芦花鞋印遍垦区，
到明天，化作万顷丰收花！

1972 年 1 月于崇明岛
1978 年 10 月修改

探测队的野餐

苇海深处升起一缕青灰色的炊烟，
火光，在密密的浓荫里一闪一闪……
来呀，放下背包，架起标杆，
摆开我们别具风味的野餐。

火舌舔着肥大的野鹅，
黄油正滋滋地滴进火焰……
行军锅里香味四溢，
打开锅盖，但见色彩斑斓……

来，别忙洗手，别忙擦汗，
面向火堆，让我们围坐成圈。
海风作餐巾，又清爽又舒坦，
苇秆当筷子，又方便又浪漫。

先喝碗野茭汤吧，又香，又鲜，

再嚼段嫩芦根吧，嘣脆，甘甜……
也许，我们是这里第一批客人，
茫茫苇海才这么殷勤地献出佳馔。

啊，大自然真是个慷慨的富翁，
只要向他索取，取之不完！
我们在火光里笑呵，唱呵，
兴致勃勃谈论着这里的明天……

明天哟，我们将是荒滩的主人，
明天啊，这里将是昌盛的乐园！
于是，炊烟里仿佛飘出了丰收之歌，
于是，火光中仿佛涌起了金涛银澜……

“嗨，我们难道就这样坐等明天！”
一声喊，惊得雁飞鸟散。
探测队员们几乎同时跃起，
一个个打起背包，扛起标杆……

呵，炊烟还在飘，火苗还在窜，
野餐的香味还在海风里飘旋，
火堆边，却不见了一个人影，
远处，红色的标杆在苇海里闪……

1972 年 12 月初稿
1979 年 11 月修改

海　风

——致普希金

你像雄浑的海风，
从遥远的地方向我吹来。
你把我从未见过的蓝色海洋，
展现在我的眼前。
哦，你的蔚蓝色的“自由的元素”[①]，
你的“卡斯达里泉水”[②]，
你的伏尔加和顿河，
你的皇村，你的白夜，
你的被冰雪覆盖的荒原和森林，
你的欢笑和泪水，
你的低沉徘徊的足音，
你的高亢入云的呐喊……

---

① “自由的元素”：普希金在《致大海》一诗中，把大海称为“自由的元素”。

② “卡斯达里泉水”：希腊神话中的泉水，在缪斯所居的巴纳斯山下，普希金在诗中写到这泉水，意指诗歌和灵感。

你知道吧，在我的心里，
你不是一个陌生人，
你是我的老朋友，
把我从幽暗的草屋引向辽阔的天地。
读你的诗，像听音乐，
像和一个智慧的长者谈心。
你站在远去的航船上，
却把走向未来的路指给我看。
我听见你在黑暗中朗诵：
“假如生活欺骗了你，
不要忧郁，也不要愤慨！
不顺心的时候暂且容忍，
相信吧，快乐的日子就会到来。”
这样的箴言仿佛是对我而说。
谢谢你，远方的朋友，
我会用心去憧憬未来的岁月，
眼前的困苦，不会使我沉沦。

1972 年夏于崇明岛

孤　　帆

在宁静的蔚蓝的大海上，
有一片孤帆迎着浓云远航……
不见港口，也不见故乡，
只有铅灰色的云在前方游荡……

波涛汹涌了，海风呼啸了，
桅杆弓起腰吱呀作响……
为什么要迎着风暴去呢，
你就不怕前方或许是坟场？

孤帆勇敢地冲向浪峰，
像矫健的海鸥展开翅膀……
难道你真的不怕风暴，
仿佛在那风暴中才有安详。

1972 年夏

给垦区的恋歌

当熹微的曙光撩开迷蒙的夜雾，
我们的垦区显出多么动人的轮廓，
像一个朝气蓬勃的姑娘，
在波涛翻滚的海面上静卧。

微红的晨岚浸染着鱼塘的碧水，
那优美的涟漪就是你传神的眼波，
清凉的晨风吹拂着无边的稻海，
那起伏的金浪就是你甜蜜的笑涡。

乳色的炊烟飘展在幽蓝的天幕，
那透明的烟缕正是你挥动着手帕？
嘹亮的钟声萦绕在宁静的晨空，
呵，你在呼唤我们开始一天的生活！

我们来啦，我们来啦，

我们踏着露珠到海堤上巡逻，
我们背着箩筐到果园里采摘，
我们驾着银燕到田野里收割……

我们来啦，我们来啦，
我们唱着歌儿到场院里扬谷，
我们划着小船到鱼塘中撒网，
我们挥着鞭子到海滩上放牧……

垦区哟，在晨光里舒展宽广的胸脯，
你是那么热情呵，你是那么欢乐；
那淙淙的渠水像是可着嗓门在喊：
来呀，来尽情地耕耘，尽情地收获！

绿色的垦区呵，你愿意听么？
我爱在早晨为你唱一支热情的恋歌。
我们热爱你的每寸土地、每条河流哟，
我们留恋你的每棵小草、每株树木……

我们播种，萌芽长成了你的绿林，
我们流汗，汗水流成了你的河……
我们用缤纷的色彩涂没了你的丑陋，
我们用蓬勃的生机驱逐了你的荒漠。

春天耕作，我们为你裁剪新衣，
冬天开渠，我们为你疏通血脉……
你回赠我们两手金黄的茧花，

你炼就我们一身强健的筋骨！

让我大声说：我爱你！我爱你！
像海滩般坦白，像海浪般真挚。
尽管在地图上你只有芝麻大一点儿，
在创业者心中，你却代表着祖国！

1973年2月于崇明岛

坐在高高的堤岸上

坐在高高的堤岸上，
看江水在脚下卷起惊天雪浪，
听涛声雷鸣般在天地间轰响，
一只海鸥在我的视野里盘旋，
仿佛是大江的使者，
把自然的雄浑化成优雅的飞翔……
我的心事被浪花牵动，
涛声无法淹没我遥远的向往。
海鸥啊，我羡慕你那对翅膀，
自由自在，飞向希望抵达的地方。

坐在高高的堤岸上，
我像一尊不动的雕像，
只有你知道我的心，
像长江一样在奔流，

像海鸥一样在翱翔，
天空没有围墙，
谁能把我年轻的思想阻挡。

1975 年夏于崇明岛

网　　蟹

碧蓝的海水，金黄的沙滩，
水面上游动着黝黑的网缆，
拉呀，拉着蟹网朝前走，
走呀，走出一个巨大的弧圈。

哦，谁说这样的劳动单调，
收起网缆，便会有壮观的场面——
哈，虾子跳，银鱼窜，海贝眨着眼，
老毛蟹哟，舞着毛茸茸的大虎钳……

呵，别看螃蟹们张牙舞爪，
在渔民的网中，不容它横行逃窜！
瞧，网蟹人只伸出两只手指，
就轻轻把“铁壳将军”掀翻……

呵，碧蓝的海水，金黄的沙滩，

水面上游动着黝黑的网缆……
听呵，网蟹人的歌声多有劲——
拉呀，拉着大海走向前……

1976 年 12 月

帆

一

升起来，升起来，升起来……
白色的，黄色的，棕色的……
理想的枝叶，希望的花瓣，
萌生于那一片深沉的蔚蓝。

二

一只只摇晃的手掌，
起伏在波浪之间。
哦，你在召唤动力，召唤风，
召唤遥远的港湾，
还有那一片伫立着亲人的
海滩……

三

是的，永远与海风为伍，
无论轻柔的，
还是狂暴的，
无论它来自前方，
还是来自后方。
是的，宁愿在风暴里
冒险，搏斗，
也不愿在静默中
停滞，死亡！

四

一个古老的传说，
渔夫把巨大的肺叶，
高高地悬挂在空中，
深深地，深深地，
吸进天上流动的信风，
生命，才开始运动、前进……

五

不要离开海洋，
不要离开海洋呵！
在海上，
你是迎风招展的旗帜，
你是坚强有力的翅膀，
假如离开大海，

你是什么呢？
一堆破布，
几根断樯？

1979 年 2 月

江芦的咏叹

一

萧瑟秋风
吹白了我的鬓发
南徙的大雁
匆匆飞上蓝天
江水用发黄的手掌
托起悄然凝结的霜花
该有几多凄楚、怅惘
而我却微笑着
当夜幕降临
便垂下成熟的头颅
继续那青春的梦幻

二

梦是绿色的

梦中的精灵
永远摇曳着蓊郁的秸秆
谁能抹去这绿色呢
谁能剪断这顽强坚韧的思念
即便北风呼号
冰雪把世界封锁得严而又严
在寒冷的泥土之下
绿色的梦仍在蔓延
冻不死割不绝的梦啊
春风一起便挺身而出
扬起我翠绿的旗帜
展开我年轻的臂膀
去拥抱奔腾的大江
抚摸柔情依依的波澜
是的，无论世界如何变迁
我纤弱而有节的心中
永远蕴蓄着，燃烧着
青春和生命的火焰

三

哦，不要笑我腹中空空
用我做一支芦笛吧
我可以为你吹奏欢乐
让百鸟在头顶起舞盘旋
我也能为你吹奏悲哀
笛孔都会变成汩汩泪眼
用不着惊讶感叹

我苦寒中崛起的躯体
迎风而立的身心
品尝过生命的悲欢
吹一曲，再吹一曲
你会想起浩瀚的大江
想起大江边
一群倒下又站起
倒下又站起的不死好汉

四

与无定的流水为伴
却不是流浪汉
我也是一叶风帆
随风神游海北天南
我也是一只候鸟
振绿羽迎送春秋的替换
我的根在泥土下
我的思恋在大江畔
即便老死
也要用躯体覆盖泥土
把心中的寄托
向地下的子孙叮嘱
没有浮萍的悲哀
没有蒲公英的伤感
世界不会因我而缩小
大江却因为有了我
变得辽阔，变得舒展

变得生机勃勃
变得情意绵绵

五

你漂泊东西的征帆啊
你南来北往的候鸟啊
你远离故土的游子啊
你们，看见了吗
看见我执着的招手了吗
看见我永恒的微笑了吗
假如愿意在我身边停留
我会告诉你们许多许多
关于追求和归宿
关于生死的内涵

1984 年 2 月

雨·雾·虹

烈日当头，大地冒着缕缕热气，
蓝天里却飘下一阵凉丝丝的雨，
雨哟，多甘甜，多酣畅，多及时，
就像三月杏花飞，送着柔情蜜意。

焦躁的玉米喜得眉开眼笑，
干渴的禾苗乐得摇头晃脑……
晶莹的雨珠在绿叶上滴答滴答，
仿佛在问：哪来的雨？哪来的雨？

哈，田垄上笑坏了欢乐的喷灌机，
哦，是它降下这场甘霖一般的雨！

晴空万里，不见一朵云的影子，
大地上却漾起一片白蒙蒙的雾，
雾哟，多飘逸，多潇洒，多浓密，

像一张透明波动的羽纱把垦区罩住。

不见了：绿色的果园，彩色的花圃，
不见了：青翠的稻海，金黄的道路……
只有高压线塔在雾幔里一闪一闪，
仿佛在问，哪来的雾？哪来的雾？

哈，碧空中翱翔着矫健的飞机，
哦，是它撒下这片驱灾灭虫的雾！

雨雾过后，必然有绚丽的彩虹，
待到秋天，请看我们垦区的晴空！
只要秋收的号子在田野里吹响，
虹哟，就一道道蹿到湛蓝的空中……

哦，那可不是虚幻的七彩长虹，
它像金子一样灿烂，喷瀑一般汹涌，
哪里有虹，哪里就有快活的笑语，
哪里有虹，哪里就有欢乐的歌声……

哈，那是日夜转动的扬谷机呀，
扬起金色的稻谷，扬起丰收的欢腾……

1977年初春

石　板　桥

桥，那些拱形的石板桥，
一座连着一座，一座连着一座，
在我思念的河流中起伏……

我曾经觉得
它像从天上落下来的月牙，
罩住了清粼粼的碧波。

我曾经觉得
它像从地下冒出来的褡裢，
连接着玛瑙翡翠般的田畴。

它也是我儿时的高山，
登上桥顶，眺望迷蒙的远峰，
心儿，便会飞进那远方的山谷……

它也是我童年的迷宫，
钻进桥洞，谛听小河的涛声，
心儿，便随着河水流进一个神奇的王国……

如今又看见这拱形的石桥了，
呵，它仿佛变成了骆驼的驼峰，
默默地载着我扑向故乡的山河……

1977 年 5 月

锚

委屈你啰，我们的铁锚，
渔船出海，就数你忙得少——
帆在风中飞，网在水里游，
而你，却老在船头睡大觉！

遇上大风，你也休想钻进海底，
瞧，船队昂首飞越恶浪惊涛……
夜幕降临，你也不能溜到水中，
瞧，渔民挂起桅灯继续捕捞……

感到寂寞么，我们的铁锚？
你的周围，该是多么热闹——
收网的渔民在欢乐地笑呵，笑，
舱里的鱼儿在兴奋地跳呵，跳……

别埋怨呵，我们的铁锚，

在这沸腾的年头，你理应用得少！
睡吧，睡吧，我们的铁锚，
惊醒你的，必将是丰收的捷报！

1978 年春

人　生

一

我睁开惺忪的眼睛一瞧，
生活，正在前方微笑；
我迈开幼稚的脚步奔跑，
走一步，就摔一跤……

二

我竟能摇摇晃晃走路了，
还可以把目光随意扫动，
世界啊世界，
竟是如此精彩纷呈……

三

多么美好，那一片盛开的花圃，
多么醉人，那一阵浓郁的芳馨，

我，真想在花丛里昏昏睡去，
那梦，也一定瑰丽缤纷……
一阵凉风，嗖嗖地把我吹醒！

四

风，鼓起了白色的篷帆，
船，剪开了蓝色的波澜，
港湾，那么遥远……

五

随波漂流，是何等可怕……
是的，我也曾在风浪中苦苦挣扎，
然而，就在快要触礁的刹那，
我抓到了那支隐匿的舵把！

六

希望的灯塔在风涛中闪耀……

七

安静了，安静了，
天空一碧如洗，海面水平似镜，
海天间飞过一对彩色的小鸟，
悠悠然牵几缕柔曼的歌声……
可是，我再也不会忘记，
那些风暴的狰狞。

八

为什么不能回忆呢?
在春日想一想冬天的寒冷,
我会格外把阳光珍惜。

九

我曾踏进一片荒芜的大漠,
走不到尽头,看不见村落,
只有几根青绿的小草,
在干裂的土地上默默生活……
真的,就是这些坚忍不拔的小草,
引着我找到了绿洲和清波。

十

宁愿是乌云中的一道闪电,
为大地献出辉煌的一瞬;
宁愿是寒夜里的一颗流星,
燃烧着走完生命的旅程。
是的,宁愿活得十分短暂,
绝不能黯然无光地乞求长生。
创造一个光明灿烂的世界,
当然要依靠众多闪光的生命。

1978年春

留着这些名字吧

这里，是一片鲜花的海洋，
桃花如云，梨花似雪，杏花像烟，
这里孕育着最甜蜜的果实呵，
它却有一个咸涩的名字：盐碱滩。

这里，是一片富饶的牧场，
奶牛成群，猪羊满圈，鸡鸭撒欢，
这里洋溢着最欢腾的声浪呵，
它却有一个寂寞的名字；死水潭。

这里，是一片丰收的沃野，
高粱火红，稻谷金黄，芦粟甘甜，
这里进行着最丰盛的收获呵，
它却有一个荒芜的名字：铁板田。

这里，是一片诱人的鱼塘，

鱼群穿梭，菱叶飘动，荷花吐艳，
这里荡漾着最恬静的碧波呵，
它却有一个咆哮的名字：恶浪湾。

听到这些古老的地名哟，
怎不叫人想起海岛荒凉的昨天！
啊，那寸草不生的茫茫碱滩，
啊，那吞噬一切的滔滔凶澜……

听到这些古老的地名哟，
怎不叫人想起发生在这里的激战！
啊，那顶风冒雪的筑堤围垦，
啊，那惊天动地的进军呐喊……

今天，这些名字和现实多不相称，
留着它们，难道是我们思想呆板？
不，要改好听的名字，现成有一串：
金银滩、珍珠潭、翡翠田、甜水湾……

可我们偏偏留着这些古老的名字，
叫它们流传百年千年！
让我们的子孙后代去惊奇吧，
让他们念着这些名字寻根溯源。

于是，他们会看到一条沧桑之路，
于是，他们会懂得创业的艰难；
他们一定会向大海发起新的进军，

他们一定会把垦区建设得更加美满！

留着这些名字吧，留着这些名字，
让我们把它们刻进垦区的蓝图，
留着它们，不仅为了纪念光荣的往昔，
留着它们，更是为了奔向壮丽的明天！

留着这些名字吧，留着这些名字，
留下创业者一份闪闪发光的心愿……

1978 年秋

等　　待

我等待
无论你走得多么遥远……

你是云，
我是天空。

你是鸟，
我是森林。

你是风，
我是帆篷。

你是冰，
我是火种。

我等待，

无论你走得多么遥远……

1978 年 11 月

海的翅膀

你可曾听说，大海会有翅膀，
日日夜夜，提携着波涛飞翔？
哦，不要凭空在海面上寻觅吧，
来，请到我们碧浪滔滔的渔场。

你瞧，船队在螺号中出海了，
白的帆，黄的帆，剪开灿烂的晨光，
密匝匝，盖满了茫茫的海洋……
哦，渔帆，可是大海的翅膀？

你瞧，机轮在锣鼓声中下水了，
青的烟，紫的烟，迎着海风飘扬，
轻悠悠，抚摸着欢腾的波浪……
哦，烟雾，可是大海的翅膀？

你瞧，大网在渔歌中张开了，

银的网，金的网，撒向四面八方，
哗啦啦，罩住了龙王的库藏……
哦，渔网，可是大海的翅膀？

你瞧，渔民驾驭着惊涛骇浪，
一双双大手哟，练出无穷的力量——
升起渔帆，发动轮机，撒下大网……
哦，渔民的手掌，才是大海的翅膀！

1979 年 2 月

爱　　情

一

假如生活中没有了你，
世界会像一块硬冷的冰。

二

你把一颗颗春天的种子，
播撒进人们的灵魂，
只要有善良热情的心，
它就会在那里发芽开花。

三

走在赤日炎炎的沙漠里，
你把清凉甘甜的泉水，
一滴一滴注进我的心窝……

四

只要太阳在头顶悬着，
你就会像袅袅的水汽，飞飘……
只要星星在天上亮着，
你就会像晶莹的露珠，闪耀……

五

封锁不住，囚禁不了，
你扑动着轻盈的翅膀，
扇开每一个活人的心窍。

六

在阴暗的冬日里，
你只是莞尔一笑，
我的心头，顷刻冰化雪消……
在流火的酷暑中，
你只是把手一招，
我的周围，便已清风浩浩……

七

我在崎岖的山道上攀登，
一团葛藤死死地缠住我……
不不！这绝不会是你！
我在汹涌的江海里游泳，
一串铅锤紧紧地绕住我……
不不！这绝不会是你！

八

在乌云浓重的寒夜里，
你是一道雪亮的闪电；
在寒入骨髓的冰雪中，
你是一团炽热的火焰；
在迷蒙雨雾里，
你是一把彩色的伞。

九

是的，你把眼泪和蜜，
奇妙地搅拌在一起……

十

只要生命之火不灭，
你就不会离开我。

1979 年 4 月

海 上 断 想

摇　篮

都说海洋是一只摇篮，
一只什么样的摇篮？
它哺育生灵，是生命的摇篮？
它埋葬航船，是死亡的摇篮？
它拥出旭日，是光明的摇篮？
它酝酿风暴，是黑暗的摇篮？
它蕴藏珍宝，是财富的摇篮？
它吞噬垃圾，是渣滓的摇篮？
……
这些矛盾像一张搅乱的大网，
模糊了我的思想……
我站在海边，潮声在远方回旋，
仿佛有一个睿智的老人把我开导：
不要再冥思苦想，

世界，本身就如此纷繁，
海洋里，包容着生活的所有内涵。

维　纳　斯

大海，是维纳斯的故乡，
哦，这位传播爱情和幸福的女郎。
我在浩瀚的大海上寻觅，
寻觅她清纯美妙的形象。
当玫瑰色的曙光在天边升起，
我突然发现她走近了我的身旁。
乳白的晨雾像她的长裙轻拂，
灿烂的朝霞像她的金发飘扬，
荡漾的涟漪里有她身体柔美的曲线，
轻微的涛声里有她心灵深情的歌唱……
看，一轮红光四射的太阳升起来了，
这是她容光焕发的青春脸庞。
顿时，温暖而辉煌的光芒把我笼罩，
一阵被爱的狂喜充溢了我的心房。
于是，我向世界张开年轻的臂膀，
让年轻的声音传遍四面八方。
人们呵，全心全意去热爱吧，
热爱这千金难买的大好晨光！

日　　落

疲乏的夕阳落到了海面，
像一个受了伤的生命，淌着鲜血。
那辉煌的火焰，几近熄灭，

那旺盛的热情，几近冷却。
大海正展开她宽广的怀抱，
把不断下坠的夕阳迎接……
我不想为即将消失的太阳叹息，
也不会因为逐渐降临的黑暗胆怯，
我知道，太阳正在大海中冶炼，
到明天，浪花会托出一轮崭新的旭日。

夜　思

在没有星星和月亮的夜里，
我看见大海最深沉的容颜，
蔚蓝的海水变得黝黑凝重，
墨一般倒映着深不可测的夜天；
只有船尾卷起的水花，
闪烁着白森森的斑斓；
风，在海面上缓缓踱步，
一路留下沉重的长叹；
浪，在睡梦里均匀地呼吸，
涛声像是朦胧含混的呓言；
偶尔掠过一只不知名的水鸟，
仿佛天外飞来的神秘遥感……
突然，黑暗中闪出一簇亮光，
那是灯塔！那是灯塔！
夜海中光明的神，希望的指南！
一线冲破夜幕的曙光，
开始在我的视野悄悄蔓延……

航　道

轮船在浩瀚的大洋里远航，
绕过险滩，避开暗礁，
平稳地驶向遥远的目标……
纵然有风雨、雷电、惊涛，
却遮不住灯塔顽强的闪耀。
航道呵，曲折而漫长的航道，
是多少前人用心血铺造。
为了探清海洋神秘的面貌，
有人船沉海底，
也有人葬身风暴……
这是一条用生命铺成的道路，
多少爱情和团圆的梦想，
多少雄心勃勃的目标，
都在这条路上中断消散
在早安的航道上，
我怀念勇敢的开拓者，
我为他们悲哀，
也为他们骄傲。

分　界

在江河和海洋吻合的地方，
有一条清晰而漫长的分界线
一边，是大江浑黄的浪涛，
一边，是海洋蓝色的波澜，

任凭风暴袭击，暗流汹涌，
江水和海水永远泾渭分明。
是海水不愿意被江水搅浑，
还是江水不愿意被海水冲淡？
在这里，不要再说流水无情，
透过这永不消逝的分界线，
我看见了水的节操，水的情感。

珊　瑚

你生就鲜花一般的容貌，
却有铁石一样的性格，
坚硬、刚强、峻峭、峥嵘，
整个生命就是宁折不弯的骨骼。

你勇敢地向四面八方伸展肢体，
蓬勃向上，决不退缩。
活着，就要有这么点骨气，
死了，也不甘庸庸碌碌

堆在海底，一座闪光的岛屿，
召唤人们前来探险，收获；
离开浪波，一束海洋之花，
用俏丽姿色点缀人类生活。

风　信　旗

只要船儿在走，

风信旗就哗哗地抖，
它是海员的手，
不倦地召唤着港口。

1979 年夏于青岛

读　史

思想，展开沉重的翅膀，
缓缓地，执拗地，
飞向云烟氤氲的远方……

种子的初萌，犁铁的闪亮，
土地的呻吟，铁镣的叮当，
火炮的轰鸣，刀剑的寒光……
鲜血，汗珠，旌旗，皇冠，
烽烟，劫火，颓垣，断墙……
一切都黯淡了，溃散了，
聚合成一个魁伟的巨人
在古老的土地上踯躅彷徨……

他奔跑，他呼啸，他呐喊，
他的脚步把整个世界震荡……
他跌倒，他昏眩，他沉睡，

他的身上留下那么多创伤……
他欢笑，他流泪，他歌唱，
他的歌，深沉而又悲壮……
笑声和泪水一起渗进古老的土地，
凝成一尊顶天立地的雕塑。

1979 年 9 月于上海

脚　　印

用双脚叩击无边的大地，
探索漫长曲折的人生。
脚印，弯弯曲曲拖在我身后，
像一串看不到头的省略号，
省略着无数彷徨、冲刺和奋争……

在沙漠里跋涉，留下了脚印，
一行行，在寂寞和荒冲中延伸……
不必担心流沙会淹没它们，
只要我还在顽强地前行，
脚印，就不会遗失在途中。

在雪地里步行，留下了脚印，
一串串，在严寒和冰封中沉凝……
不必忧虑风雪会覆盖它们，
只要我没有僵卧在半道，

脚印，就必然能融化坚冰。

在荒野里奔跑，留下了脚印，
一星星，在沼泽和茅草中显隐……
不必害怕难以找到它们，
只要我还在不断地探索，
脚印，就定会变成通幽的途径。

在山坡上攀登，留下了脚印，
一点点，在危岩和棘藜中上升……
不必悲叹云雾缭绕行路难，
只要我还未丧失最后一份韧性，
脚印，就定要到达光明的山顶！

我也曾苦苦地踟躇，
脚印兜着圈，打着弧形……
一茎蒿草，竟也会刺破长茧的脚心，
殷红的血，一滴一滴渗进脚印……
步履维艰，可毕竟又迈进一分！

我用脚印书写我的历史，
历史，在我身后步履蹒跚地前进……
我走，我虔诚地用双脚叩击大地，
大地，这人生最壮阔的舞台，
刻下了我，也刻下了历史的脚印……

1979年9月于上海

春蚕，静静地吐丝……

——写在新建的化纤厂

把我引进厂区的，
是一群嘤嘤嗡嗡的蜜蜂……

没有喧哗的机声，
没有飞扬的烟尘，
只有大道旁的柳丝，
悄悄地吐露着清新，
只有厂房前的花圃，
罗织着色彩的缤纷，
只有粗粗细细的油管、水管，
像无数奔濯的小溪流进厂间，
琤琤琮琮，轻轻唱个不停……

晶莹透明的丝呵，
千头万绪，千丝万缕，

静静地吐，
静静地喷，
吐成了雪球，
喷成了雪山，
凝成了飘飘悠悠的白云……

哦，人烟那么稀少，
只有几双明亮的眼睛，
无声地，深沉地，
在浩瀚起伏的丝海里
穿行，穿行，穿行……

这工厂多像吐丝的春蚕呵，
执着、热情，却又如此悄然……
是的，不必喧嚣，不必空喊，
所有的精力和心血
都应该静静地化成丝，
到时候，献给世界
一颗闪闪发光的银茧！

1979 年秋

烟

烟囱——
越来越高，越来越高，
烟——
越来越淡，越来越淡，
一缕缕，一团团，
淡青、淡黄、淡红、淡蓝，
轻轻柔柔地在晴空里舒展……

哦，所有可以燃烧的
都化成了炉膛里的火焰，
化成了沉甸甸的高产。
烟，当然应该轻盈，
当然应该纯净，
当然应该柔曼优雅地
飘上高高的蓝天……

哦，这烟，是工人
越来越纯真的追求呵，
不要污浊粗陋的“黑牡丹”，
要迎春，要香兰，
要杜鹃，要水仙，
要真正五彩斑斓的生活，
要真正明媚洁净的春天！

烟呵，烟呵
割不断的轻烟，
袅袅地，袅袅地，
飘向澄澈晴朗的蓝天……

1979年秋

雨　　后

雨哟，一场温暖的雨，
把森林浇得一片清新。
树干——湿润润，
树叶——水淋淋，
到处是溪流的叮咚，
到处是雨珠的晶莹；
就是那小鸟的歌唱，
也像是流水的声音……

雨哟，一场清凉的雨，
把森林浇得五彩缤纷。
草地上，绽开一簇簇小花，
树根边，蹿出一蓬蓬野菌，
多像撑开一把把彩色的伞——
淡紫、嫩黄、鲜红、雪青……
瞧，一道绚烂的长虹，

为森林围上了瑰丽的头巾！

雨哟，一场春天的透雨，
滋润着浩瀚的森林。
生命，在雨水里歌唱，
幼苗，在雨水里滋生……

1980 年 1 月

相　片

为什么，为什么，
你只肯送我一帧，
孩提时代的相片？

相片上那个小姑娘，
睁大了明亮的眼睛，
静静地审视着我，
像两汪澄澈的清泉，
映出我惶惑的容颜……

啊，童年，童年，
那些纯真的追求，
那些天真的心愿，
那些彩色的梦幻，
又悄然飞回我心间……

我突然变得单纯了，
紊乱的思绪，
全融进那两汪清泉……
哦，就这样看着我吧，
永远，永远……

1980年3月

林　　中

亭亭玉立的水杉，
在轻绡似的夜雾里，
神秘得像一片梦幻……
微风在林中窜来窜去，
沙啦啦飞沙啦啦，
像树的奇妙的语言。

不要作声！不要作声！
你、我，还有两片
叠在一起的影子，
都在用无声的心音交谈……
世界那么安谧呵，
夜色那么清恬。

只有心儿在跳，心儿
随着温柔的夜风，

飞进一个恋的林园……
水杉，伸出灵秀的手臂，
捧给我们一个亮晶晶的月盘。
是的，伴随着恋人的，
不应该是黑暗。

1980 年 4 月

雾中听瀑

幻梦中，时断时续的琴瑟，
尘烟里，由远而近的马蹄，
海滩上，似泣似诉的潮汐，
莽林中，如鼓如钹的急雨……
夏夜的惊雷在奔蛇走龙，
寒冬的风暴正铺天盖地……

此时无形胜有形呵，
在那飘飘忽忽的声响里，
任你思索，任你幻想，
任你在形象的王国中飞驰……

1980年夏

落　花

花谢了，花落了，
金黄的，粉红的，雪青的……
花谢了，花落了，
似云飞，似雾散，似霞落……

流泪吗？不！不！
叹息吗？不！不！
只有一缕缕播种者的愉悦，
追随着轻盈的花絮飘拂……

哦，结束五彩缤纷的宣言，
炫耀风姿，毕竟不是花的本质。
花儿飘落了，花枝上，
萌动着湿漉漉的果实……

落花飘飘，落花飘飘，

那舞姿分明描绘出绮丽的画幅：
密匝匝的豆荚，沉甸甸的瓜果，
已在漫山的落花枝头闪烁……

哦，真想变成一阵清新的山风，
把缤纷的花瓣吹到每个角落，
请这些行将入土的生命，
把一支山林的丰收序曲传播。

1980 年夏

岩　上　草

石壁上，岩缝里，悬崖边，
钻出了绿茵茵的小草……
在一切树木难以存身的地方，
这些绿色的生命之火哟，在燃烧！

1980 年夏

英　　雄

山峰，高昂起峻峭的头颅，
青藤，就是他们披散的发束？
几枝古松倔强地伸出枝干，
像愤怒的手臂指向苍天……
哦，在这人迹罕至的深山里，
一定埋葬过至死不屈的英雄。

1980年夏于莫干山

山　色

谁能描绘出黄山的颜色？

有时它们是淡淡的青，
有时它们是浓浓的绿，
晴天它们会像琥珀般金黄耀眼，
阴天它们会像乌云般灰暗沉着，
曙色里它们是玫瑰色的，
暮霭里它们是紫堇色的，
雨幕中它们凝成一汪碧波，
雾帘中它们又化作一团淡墨……

大自然有多少颜色，
黄山，便有多少颜色。

1980 年夏于黄山

憧　憬

我是一个跋涉者，常常迷失在风雨途中，
这个世界真大啊！
趟不完的江河，攀不尽的山峰……
还有多少炊烟未起的亘古荒原？
还有多少人迹罕至的原始森林？
我抬头远望，依然是一片雨，一片风，
一片隐匿在云里雾里的朦胧……
走！走！我头也不回地向前走，
云雾里，终于又露出俊逸青峰。

假如我是一条柔弱的小溪，
应该能听见千万里外的江海涛声；
假如我是一滴轻盈的雨珠，
早晚要扑进大地母亲的怀中；
假如我是一只快乐的云雀，

当然要飞向透明澄澈的天空；
假如我是一缕寒夜的幽光，
一定会迎来辉煌壮丽的黎明；
假如我是一根晶莹的冰凌，
终究会化作叮咚作响的泉涌……

我是一个跋涉者，我的向往遥远而纯真，
在沙漠里，我看见过绿洲的幻影，
我曾经狂喜地扑向前去，
却走进一片荒凉的寂寞和虚空……
在大洋中，我遇到过迷人的海市蜃楼，
我曾经欢乐得喊哑了嗓门，
却依然是无边的波浪排空……
呵，失望，我尝过它苦涩的滋味，
尝得多了，竟也品味出甜在其中，
它为心灵带来了流血的创痛，
却也点燃了难以熄灭的憧憬火种。

火种呵，憧憬的火种，
在我心灵的视野里烧得通红通红。
它使我的目光穿透雾障绝壁，
看见了彩色的希望在远方闪动。
它使我的胸中鼓满春天的信风，
理想之帆，翩翩然振翅高冲……
心儿，永远憧憬着未来，
未来，那里有我的大地和海洋，

未来，那里有我的绿洲和琼楼，

未来，那里有我的黎明和晴空！

1980 年冬

雾　中　山

在飘拂的轻绡里，
一条条变幻的曲线闪烁，
弯弯扭扭，断断续续，
时隐时现，若有若无……
这是群山的轮廓。

在白色的宣纸上，
化开一团团淡雅的彩墨，
时而翠绿，时而苍蓝，
还唱着一支深沉的歌……
这是无边的林涛起伏。

山呵，雾中山，
像波涛里的征帆舟舸，
像天宫中的琼楼玉阁，
像汪洋里的礁磐岛屿，

像云絮中的苍鹰飞鸽……

山呵，雾中山，
溟缈迷离的幻影，
梦幻一般的彩色……
登山者的心也化作一缕轻烟，
在朦胧神奇的山中飘忽……

1981 年春

竹林听雨

恍惚中好似步入蚕房，
轻轻的，细细的，
漾起蚕噬桑叶的微响，
沙沙沙，沙沙沙，
听得人心醉，听得人心痒。

又像闯进了奇异的珠场，
急急的，脆脆的，
大把大把珍珠散落在地上，
哗啦啦，哗啦啦，
响得清亮，响得欢畅。

雨，带着无数轻柔的声息，
在万竿绿竹中悠然飘荡，
仿佛在遥远的天外传来，
由远而近，由轻而重，

然后幽幽地消失在远方……

一切声音都融化在绿荫里了，
只有竹叶上的雨珠偶尔滴下水塘，
叮——咚，叮——咚……
像有人弹着古老的筝，
把怀念山雨的恋歌吟唱……

1981 年春

泉　思

从岩缝里喷出来，
从石砾中渗出来，
从地底下涌出来，
从悬崖上飞出来，
奔放的，永不滞留的，
自由的，桀骜不驯的……
沉默的大山，
用这些活泼泼的精灵，
宣泄着蕴埋在心中的激情。

透明的，温暖的，
是大山晶莹的泪呵；
潺潺的，汩汩的，
是大山深情的歌呵；
绵长的，无尽的，
是大山执着的思念呵！

思念湖，思念江，
思念哺育过大山的海洋……
思念桥，思念船，
思念鹰一般矫健的风帆……

只要这世界还有进取的生命，
还有曲折、起伏和不平，
这思念，便永远不会中断……

1981 年 3 月 24 日

古老的，永恒的……

风从深邃的山谷里穿过，
哗啦——哗啦——
森林在低唱，崖壁在吟哦……
谁能理解这山林的语言？
谁能理解呢！

呵，古老的，永恒的……

百灵鸟在不倦地啁啾，
忽而在迷蒙雾里，
忽而在缥缈云端……
谁能懂得这雀儿的欢乐？
谁能懂得呢！

呵，古老的，永恒的……

草青了，花红了……
枯叶凋落了，新芽破土了……
老树萎蔫了，幼苗成林了……
谁能移动这自然的规律？
谁能移动呢！

呵，古老的，永恒的……

渴望宁静，渴望绿，
渴望蓬蓬勃勃的生机，
渴望生命与自然的和谐……
谁能改变这纯真的向往？
谁能改变呢！

呵，古老的，永恒的……

1981年3月27日

山　　路

从云雾里飘下来，
从悬崖上挂下来，
从乱石间伸出来，
从棘藜中流出来……

弯曲的，捉摸不定的，
崎岖的，跌宕起落的，
时而像一束纤细的青藤，
时而像一根斑驳的飘带……

哦，山路，山路，
你使我吁吁气喘，
你使我涔涔流汗，
为什么，我却依然把你留恋？

仿佛读一首构思奇崛的诗，

虽然读得费力而又艰难，
迷惘中却有柳暗花明的惊喜，
昏眩中却常使我豁然开颜！

不怨你曲折，不怨你盘旋，
不怕你陡峭，不怕你峻险，
沿着你不倦地攀登，
我要步入云缠雾绕的青天！

登临绝顶，该是何等快乐，
八面来风，会吹干我汗湿的衣衫……
那时，我要把你当作琴弦，
尽情弹唱征服艰险的喜欢……

1981 年 4 月

油　菜　花

透明的，飘逸的，
浓郁的，清醇的……
是蜂蜜？是美酒？
轻轻流进我的肺腑……

流进来便再不会散失，
这清新，这甘馥，
这泥土里飘出的精灵啊，
这太阳般金黄的颜色……

哦，即使走到天涯海角，
这芳馨，也会萦绕在心窝，
它会使我梦中化蝶，
回到故乡的油菜地里飞舞……

1981年5月

母　亲

我怎么能忘记
你站在村口挥手的身姿
就像那棵颤巍巍的老杨树，
那么执拗地默默伫立着，
向远方伸出枯瘦的树枝……

我怎么能忘记
你飘在风中银白的鬓丝，
就像一朵不会融化的雪花，
轻轻地飘着，飘着，
凝在我湿润的瞳仁里……

我怎么能忘记
你含在眼角晶莹的泪滴，
就像村前那汪小小的湖塘，
倒映出了整个天空，

还有那些在天上飘游的云絮……

我怎么能忘记
你苍老而深沉的话语，
就像村后那股不竭的清泉，
时时萦回在我的梦里——
“什么时候回来呀？儿子！”

啊，母亲，母亲，
我一定，一定要回来看你！
哪怕化成了一缕缕轻烟，
我也要飞呵，飞呵，飞，
飞到你宽广温暖的怀抱里……

1981年5月

娄 山 关

有山，便有路，
有路，便有关。
路，在云雾间，
关，在峰之巅。

寻路，要有大鹏的志向，
过关，要有山鹰的勇敢，
没有雄心，没有胆识，
只能山脚下苦苦盘旋……

不怕巉岩峭壁的威胁，
不理乌云迷雾的纠缠，
寻得路，便直达青天，
上得关，便一往无前！

哦，我登上巍峨的雄关，

看石径在脚下曲折蜿蜒，
举首四望，但见苍山如海，
旭日在远方挥手召唤

1981 年 7 月于遵义

登 山 之 路

一

峰在何处?
巅在何处?
抬头远眺——
但见云缠雾锁,
但见山影扑朔,
仿佛是冥冥一片,
看不到光明前途……
只有脚下的路,
虽然曲折盘旋,
虽然陡峭起伏,
却是那么坚实,
却是那么执着,
一级级,一级级,
顽强地升入云雾……

二

巉岩，棘藜，
绝壁，深壑……
伸展得艰难呵，
这登山之路，
时而像
云海里垂下的丝带，
时而像
乱石中蹿出的藤束……
我走！我走！
我用双脚
重重叩击这山路，
让有力的足音，
震荡沉睡的空谷。
我走！我走！
我用汗水
轻轻洗刷这山路，
让后来的旅人，
知道这里有人经过。
我走！我走！
云飘到了我脚下，
雾在我身畔散落，
呵，看见峰巅了，
她披着灿烂日光，
在前方微笑，
在前方闪烁……

三

是的，累，
腰酸脚软，
汗似挂不断的珠；
是的，苦，
风侵雨袭，
还有蛇蝎挡路；
也有山穷道绝的迷惘，
也有旋而又旋的疑惑……
然而只要探索不断，
就有成功的希望，
然而只要脚步不停，
就有无穷的欢乐，
即便是路边的
一泓清泉，
一朵野花，
一声鸟鸣，
一阵蛙鼓，
也会带给我
缤纷的抚慰，
清新的鼓舞……

四

来吧，来吧
年轻的朋友，
群山在招手，

蓝天在唤呼——
到处有
通向峰巅的途径，
到处有
登临绝顶的道路！
峰在何处？
巅在何处？
在跋涉者足底，
在攀登者心窝！
脚下有坚韧的毅力，
定能越过
千沟万壑，
心中有凌云的羽翼，
定能到达
理想的高度！

1981年8月22日峨眉山—上海

三　峡　行

神　女　峰

你太严峻了——
那些刚劲的线条，
那些嶙峋的岩石，
实在无法使我联想
那位美丽俊俏的少女。

你太朦胧了——
云遮着你的脸容，
雾缠着你的躯体，
偶尔露一下身影，
也是稍纵即逝……

你太遥远了——
兀立在群山之巅，昂首苍茫。

说你正俯首导航么？
却更像在把远方的世界探望……

别了，神女，
我还是忍不住回首一瞥。
你毕竟有着神奇的魅力，
我相信，你会给每个过客
留下一段美好却又不同的回忆……

水 面 断 想

这水面
像一张绷得紧紧的鼓皮，
像一面色泽奇幻的古镜……

说平静，平静得没有一丝涛声，
说和缓，和缓得没有一片波纹。

可在这平缓的水面下，
却有最危险的礁石，
却有最凶猛的漩涡……

呵，可怕的和缓，
可怕的平静！
我宁愿顶着惊涛骇浪向前，
让每根拼搏的神经绷得紧紧……

崖上人家

这临江的悬崖峭壁上，
居然也有人家！
一栋茅屋，一群散放的鸡羊，
三株橘树，两个赤膊的娃娃，……
哦，到处都有生活的炊烟，
到处都有人类征服自然的图画！

船来了，一家人面江而立，
挥着手，目送远客过峡……
挥手间，泛舟的旅人
听到了三峡人热情的问话；
挥手间，这崖上人家
也把寂寞和孤独轻撒……

秭归吟

巫峡中的山城秭归，是屈原的故乡。

背后，是莽莽苍苍的高山，
群峦竞奇，峰入云端……
脚下，是浩浩荡荡的大江，
雪浪排空，惊涛裂岸……
青灰色的楼屋在云雾里起伏，
绿茵茵的街树在屋脊中蜿蜒……
这依山傍水的千年古城呵，
雄壮，峻奇，险恶，

灵秀，质朴，庄严……

难怪这里能飞出不朽的诗魂，
挺一身桀骜不驯的傲骨，
怀一腔忧国忧民的祈愿，
叩大地，问苍天，
把求索的足印刻遍海北天南……
难怪他死了也要漂回故乡，
耸峙的“屈原沱”是诗魂的归宿……
哦，这里的山山水水
全都融进了他的诗篇——
有高山的凝重，有云雾的飘逸，
有峡谷的雄奇，有大江的浩瀚……

山城在我身后消失了，
一缕奇妙的诗的韵律，
却久久萦绕在我心间……
哦，但愿这雄山大川的气质，
也会融进我年轻柔弱的诗篇……

1981年8月三峡—上海

往日，无题的故事……

一

每次都相逢在十字路口，
你向南走，我向北走……
每次都不约而同地回头，
仿佛要把失落的什么寻求……

失落了什么呢？
谁也说不清楚，
我只觉得你明亮的目光，
像清清的泉水往我心里流……

二

终于有一次并肩而行了，
我凝神注目，
你也微微张口……

然而什么也没能发生，
汹涌的人流，
把我们冲散在喧嚣的街头……

三

我要到遥远的异乡去，
不知将停泊在哪一个
人生的驿站和港口……
为什么害怕起航的汽笛呢？
仿佛总有人
在轻轻地把我挽留……

我频频顾盼着，
幻想在送行的人海中
找到那清澈明亮的泉流……
没想到真的发现你了！
你在送谁——
为何眼里溢淌着忧愁？
然而航船已经启动，
远远的，远远的，
我只见你挥动着纤小的手……

四

于是，在无数个
宁静孤独的夜晚，
那涓涓的清泉，
那轻轻的招手，

常常出现在我
虚幻却又亲切的梦中……

于是，在我阴郁漫长的旅途，
有了一缕飘忽温暖的微光，
有了一朵素洁芳馥的小花，
有了一曲没有文字
却异常优美的歌……

1980 年春于上海

雨后，水灵灵的夜晚

收起湿漉漉的雨伞，
手携手，走向清新的远方。
哦，雨后，水灵灵的夜晚……

脚下——水灵灵的小路，
身边——水灵灵的花坛，
水灵灵的田野里细流涓涓……

星星，也是水灵灵的，
像无数晶莹的露珠，
在一片深蓝的巨叶上忽闪、忽闪……

月亮，也是水灵灵的，
像一只明晃晃的银盘，
在深邃幽玄的天湖里时隐时现……

连夜莺的歌声也是水灵灵的，
像一缕缕澄澈的清泉，
叮咚叮咚飘萦在宁静的山间……

世界，仿佛是水凝成的，
一切都这样透明纯洁，
一切都这样明朗新鲜……

真想，真想变两条小鱼，
在这水灵灵的夜色里漂游，
永远与宁静和清新做伴……

真想，真想变两株小苗，
在这水灵灵的世界中萌芽、抽枝，
无声地，孕一朵并蒂的白莲……

收起湿漉漉的雨伞，
手携手，走向美丽的远方。
哦，雨后，水灵灵的夜晚……

1980 年

思　　念

思念，思念啊……

我的思念是一片白帆，
悄然飘进深沉的蔚蓝。
哪里？哪里
是我心中的港湾？

我的思念是一缕微风，
轻轻流在透明的空间。
我要流遍八方把你寻找，
无论这世界多么广袤高远。

我的思念是一股清泉，
源源地涌出寂寞的荒山。
我要汇入江海的波澜，
不管海岸多么遥远。

我的思念是一只云雀，
执着地追赶飘逸的云烟。
我要振翅飞上青天，
哪怕前方一片虚幻。

我的思念是一把梳子，
日夜梳理着心灵的紊乱。
理得清思维的脉络，
梳不断怀恋的长线。

我的思念是面明镜，
静静地躺在命运的桌面。
何日？何日
能映出你深情的笑颜？

思念，思念啊……

1980年初春

你

我像一个风尘仆仆的跋涉者，
和你相逢于浩渺无涯的沙漠。
在我的心里，你像什么呢？你！
你像一阵清脆明亮的驼铃，
突然震响我沉寂已久的耳膜；
你像一片浓荫摇曳的绿洲，
悄然飘进我满目荒凉的眼窝；
你像一股碧波荡漾的清泉，
深深滋润我近乎干涸的血脉；
你像一道撩开夜幕的霞光，
豁然照亮我睡意蒙眬的心廓……
不，你使这一切比喻都显得苍白，
你，就是你，那样自然而又朴素，
带着你的纯真，走进我的生活。
你使我看到，活着，原来如此美好，

你使我相信，人生，并非永远坎坷。

你呀，你呀，我心中一支美丽的歌……

1980 年 11 月

不

我记得，你从来不曾说“不”。
只是甜甜地笑着，
你只是温顺地点头……
我曾经在心里暗暗发誓：
永远，不要辜负你的信赖，
永远，不要听你说“不”。

“不”，你竟轻轻地吐了它，
虽然还是那样甜甜地笑着，
可你分明在对我说“不”。
是不是嫌我轻狂浅薄，
是不是我已把你的信赖辜负？
“不”，你笑着，又轻轻摇头……

1980 年 10 月

背　　影

娇小的，轻盈的，
一只悄然飞去的小燕，
一朵随风飘逝的白云……

我仿佛彳亍在
黑夜的山路上，
远方，有一盏闪烁的灯……

我仿佛徘徊在
荒凉的雪地里，
前面，有一个温暖的火盆……

是的，只要
还在我前头走，
你的小小的背影，
就会留给我

无穷的希望，

无尽的憧憬……

1980年9月

雨呵，雨……

雨呵，
飘落，飘落……

我曾经觉得，
这雨是金色的——
当我们唱着歌在雨里奔跑，
这雨，是金色的。
雨丝在你头上飘着，
千丝万缕从天空挂落，
像一根根金子的琴弦，
为我们鸣奏着欢歌……

我曾经觉得，
这雨是甜蜜的——
当我们携着手在雨里行走，
这雨，是甜蜜的。

雨珠在你脸上滚着，
像一颗颗晶莹的珍珠，
你在雨帘里笑着，
像一朵沾露的莲荷……

雨呵，
飘落，飘落……

我曾经觉得，
这雨是冰冷的——
当你沉着脸在雨中离去，
这雨，是冰冷的。
雨雾在你的身后缭绕，
像一堵高墙把我们分隔，
你头也不回地去了，
只留给我模糊的轮廓……

我曾经觉得，
这雨是苦涩的——
当我独自在雨中踯躅，
这雨，是苦涩的。
雨点无情地敲在地面，
也敲在我空虚的心窝，
我茫然失措地走着，
任雨水淋得我透湿……

雨呵，

飘落，飘落……

如今，我觉得，
这雨是清凉的，
和任何时候一样，
这雨，是清凉的。
雨水浇灭了昨天的余烬，
也驱散了痴梦的诱惑，
雨点像一粒粒希望的种子，
在我身边飞着，飞着……

如今，我觉得，
这雨是纯净的——
和任何时候一样，
这雨，是纯净的。
哦，只要雨点洒到的地方，
到处都有爱情之歌，
雨丝像无数摇动的手臂，
召唤我走向未来的生活！

雨呵，
飘落，飘落……

1980 年 8 月

晚　香　玉

一

花儿会微笑么
会的，你告诉我
当星星变成露珠
凝在青青的草叶间
晚香玉开了
看不见它洁白的花瓣
只有幽幽的清香
在我的周围飘萦
那是你的微笑么
你会不会在这静静的夜晚
微笑着想到我

二

但愿每一次敲门

都是你那双纤小的手
但愿每一条路上
都会和你迎面相逢
但愿每一个梦里
都有你袅袅婷婷的身影

三

假如你的脸颊
悄然泛起微红
那是我思念的风
吹开了你心中的蓓蕾
请记住
在遥远的地方
我一遍又一遍
呼唤着你的名字

四

想你的时候
就像流连在
明镜似的湖泊
又像徜徉在
潮汐汹涌的沙滩
你使我平静
又使我无法安宁

五

你伫立在

咆哮的大海边上
像一只雪白的海鸥
栖息在金黄的沙滩
我向你奔来时
你却展翅飞去了
你的歌声和涛声一起
震动着我的耳膜
——你来晚了

六

你娇小的背影
在梧桐的浓荫里远去
从不回头
从不回头
你走了，轻盈得像一阵风
带去了所有的欢乐
而我，独自兀立着
当你的背影在远方消失
我就会变成断线的风筝
在失去了风的天空里
下沉，下沉，下沉……

七

是的，我是笼中的囚徒
你是自由自在的小鸽子
我只能用专注的目光
远远地追随着你

你会常常在我的窗口停留么

八

哦，人生的旅途
少不了遗憾和痛苦
而欢乐
只是其中短暂的插曲
有时连短暂也不属于我
于是只留下梦中片刻
你纯真的笑声月光般透明
又像轻风般转瞬消失
我看见一片流动的云彩
在闪烁着星星的夜空里跳舞

九

晚香玉开了
晚香玉开了
……

1980 年 12 月

捧着腊梅走过南京路

捧着两枝盛开的腊梅
我走过人头攒动的南京路
所有的眼睛都注视我
不管是花枝招展的少女
还是衣冠楚楚的老者
目光里
一律流露着羡慕

我把腊梅举过头顶
突然产生了少有的满足
今天，在这缤纷人流中
我使所有的一切
都相形失色——
听，一个清泠泠的声音在喊
给花儿让路
给花儿让路

1980 年初春

春天呵，请在中国落户

你来了，来得那么悄然，那么迅速，
然而，晶莹的冰凌正化作叮咚流水，
我还是从中听见了你清新的脚步；
你来了，来得那么平淡，那么朴素，
然而，爆青的柳丝正迎着暖风飘拂，
我还是从中看见了你多姿的欢舞。
你带着被冬天掠去的一切回来了，
广袤的大地上，到处是蓬勃的复苏……

春天哟，请留步，请留步，
春天呵，请在我们中国落户！

是的，在坚冰封冻的岁月里，
我们就用不屈的心灵把你呼唤，
透过漫天风雪，你的莞尔一笑，
曾使多少人忘却了受冻的痛苦。

如今，你真的来了，尽管来得仓促，
我们怎么能轻易淡漠地把你放过！
于是，我才用一个年轻人纯真的声音，
这样率直而稚憨地向你大声疾呼——

春天哟，请留步，请留步，
春天呵，请在我们中国落户！

我们挽留你，绝不是把花红柳绿迷恋，
我们挽留你，也不是把酥雨暖风贪图。
有了你呵，才能耕耘，才能开拓，
有了你呵，才有播种，才有收获！
我们要叫所有的积雪都化为春水，
去滋润人间的幼苗、蓓蕾、树木；
我们要叫所有的处女地都变成良田，
去繁衍香甜的桃李、瓜果、五谷。

春天哟，请留步，请留步，
春天呵，请在我们中国落户！

有人说，你不过是一个薄情的姑娘，
永远是那样稍纵即逝，匆匆而过。
不，我并不同意这种牵强的比附，
倘能挚烈地爱你，你不会把人们辜负。
目光短浅的，叹息着花儿的凋落，
热爱明天的，却看见新芽在破土……
哦，只要开拓不止，只要播种不停，

你带来的希望和生机就不会消除！

春天哟，请留步，请留步，
春天呵，请在我们中国落户！

当然，我们这里还不是极乐之土，
可是，我们的人民有着腊梅的风骨，
我们从冰雪严寒中把你迎来，
当然要用辛勤的汗水将你守护！
岁月流逝，并不总使容颜憔悴，
你为我们送来了旺盛的生命元素！
呵，在你生气虎虎的前进脚步中，
一定会崛起一个青春焕发的中国！

春天哟，请留步，请留步，
春天呵，请在我们中国落户……

1980年1月于上海

第二辑 冬的思索

天　职

人的天职在于探索真理。

——哥白尼

为了她，有的人被烈火焚烧，
为了她，有的人终身坐牢；
为了她，有的人被割断喉管，
为了她，有的人甘把头抛……

呵，为她慷慨献身的，
人民心中永远有他们的微笑；
而那些真理的叛徒，
即便活着，也是鄙俗而渺小。

忠于这崇高的天职吧，朋友——
为真理而求索，你会青春不老！

捍卫这神圣的天职吧，朋友——

为真理而斗争，你才活得骄傲！

1980 年 10 月

回来吧，嫦娥

羿请不死之药于西王母，姮窃以奔月。

——《淮南子》

一团五彩缤纷的云霞，
向着缥缈无际的苍穹飞飘……
嫦娥，怀着一个世俗的希冀，
扑进月亮清冷幽谧的怀抱。

长生不老，这真是一个颇有魅力的字眼，
永葆青春，更使那些妙龄女郎心跳，
于是，美丽的嫦娥为了不死之药，
竟忍心把人间的生活轻轻一抛。

是的，人间有着太多的龌龊和烦恼，
搏斗和奋争，使生命过早地衰老……
难道就这样一走了事吗？
遥远的月宫，真的比凡间美好？

嫦娥呵嫦娥，请你作答吧，
我知道，你只能以泪珠相告……
千百年来，你保持着青春妙龄，
然而我能断言：你没有欢笑！

月中桂树，远不如地面的芳香，
几只玉兔，也不会比人间的活跃，
那些金碧辉煌的琼楼玉宇，
全被阴森死寂的气息笼罩……

当然，你可以舞动潇洒的裙袖，
在飘忽的云雾里且歌且跳，
可是，一个人纵然舞得动人，
有谁为你喝彩，为你叫好？

到寂寥的月宫里长生不死，
肯定不如在人间白头到老！
回来吧，嫦娥，回来吧，
你的故乡已经是春意缭绕……

不要以为人间只有痛苦和悲伤，
也有馥郁的甘霖，也有真情的欢笑！
把不死之药掷还西王母吧，嫦娥，
回到人间把幸福的酒浆酿造！

1980年9月

指 佞 草

尧时有屈佚草生于庭，佞人入朝，则屈而指之。一名指佞草。

——《博物志·异草木》

果真有此等神奇的小草，
怒指佞贼，正气浩浩？
奸险的眼睛一定不敢正视它，
这是正义的烈火，能把邪恶焚烧！

佞人理应千夫所唾，万民所指，
而这愤然一指，需要多少血气胆膏！
人间确实有这样的草，
只是常常遭刀铲，常常被火烧……

刀毕竟会锈钝，火总是要熄灭，
草，却不会死绝，不会衰老，
当和煦的春风轻轻一吹，

它们便又挺起纤细而倔强的腰……

只要人间还有曲折和不平，
就会有不屈不挠的指佞草——
随时准备怒指欺世的奸佞，
也准备迎击暴戾的皮靴，冷酷的刀……

1980 年 10 月

扶　桑

汤谷上有扶桑，十日所浴……九日居下枝，一日居上枝。

——《山海经·海外东经》

一棵蓊郁的大树上，
栖息着十颗光芒四射的太阳，
它们轮流从茂密的枝叶间升起，
为世界撒播温暖和光亮……
这是何等辉煌夺目的景象。

我常常在梦里寻觅，
寻觅这棵哺育了太阳的扶桑。
梦境也常常满足我，
让我看见金灿灿的树叶，
还有七彩辉煌的日出景象……

梦醒却只见一片空旷天廓，

时而阴，时而雨，时而晴朗……
来去匆匆的太阳呵，
不知归宿在天涯何方……

我当然很难找到这样的大树，
可我相信，人间会有无数扶桑——
只要还有温暖的需求，
只要还有光明的向往，
这扶桑，便会萌芽在思想者的梦乡。

1980 年 9 月

共　工

昔者共工与颛顼争为帝，怒而触不周之山，天柱折，地维绝……

——《淮南子·天文篇》

好一个铜头铁骨的英雄，
为争皇位，竟撞倒顶天的山峰。
天塌地陷，自然是十分解气，
可遭殃的，还是山下的民众……

因此，我总是在揣测，
你企求称帝，究竟出于何种心胸？
我想，大概还是为了自己吧，
否则，何以迁祸于无辜的民众？

如果脑壳已经套上皇冠，
你一定会格外把头颅珍重。
百姓能否因之免遭于难呢？

或许，会有几丝微弱的可能。

可惜，天底下皇冠太少，
否则，我真想为你捧出千顶万顶。
但愿，少几颗撞山触柱的脑袋，
多一点儿忧国忧民的心胸！

让我生活在一个宁静的世界中吧，
再不要看见人工的天塌地震。
让小草都发芽，让花儿都流蜜，
让澄净的清泉流过每一颗诚实的心……

1980 年 9 月

湘　妃　竹

斑竹即吴地称湘妃竹者，其斑如泪痕，世传二妃将沉湘水，望苍梧而泣，洒泪成斑。

——《群芳谱》

湘妃的泪洒在翠竹林间，
化作永不褪色的斑斑点点……
这泪痕，印下一个辛酸的故事，
也遗下无法明察的猜度和疑团。

湘妃呵，你们当初对水而泣，
这泪中蕴含的究竟是悲还是怨？
湘妃呵，你们当初抚竹而号，
这诀别人世的哭声是否坦然？

表示对逝去丈夫的思念和钟情，
难道就一定要让江水把生命吞淹？

表示自己坚贞不渝的节操，
难道非要献出花一般的青春华年？

其时，九嶷山上白云缭绕，
碧绿的湘水中游动着白帆点点……
其时，翠竹正茂，花儿正好，
生的世界必然有百般的挽留呼唤！

然而你们还是沉没在江中了，
只有晶莹的泪，闪烁在竹叶间……
亭亭修竹也真有点灵性，
让这殷殷泪痕遗留到今天。

湘妃竹，湘妃竹，
有人见你，禁不住黯然神伤，
有人见你，忍不住喟然长叹，
而我看着你，心里生出的不仅是遗憾。

满腔怅怨竟化作秀丽的斑斓，
其中意蕴可以让人浮想联翩：
热爱生命吧，后来的朋友！
我听见湘妃发自肺腑的嘱言。

1980 年 9 月

冬 的 思 索

一

尾随着金黄收获的，
必然是寂寥的惨白吗？
在七色缤纷的成熟之后，
一定有一片单调的荒芜？
我在茫茫的冰雪中寻求答案……

二

冰雪，覆盖了辽阔的大地，
银白的路，银白的河流，
冰冷的田野，冰冷的树……
你要把世界变成僵硬的雕塑么，
——狂妄而又浅薄的冰雪呀！
你看见远方蔚蓝的大海了吗？
没有封冻，只有起伏的碧波。

你听见冰层下奔涌的水流了吗，
不是在呻吟，而是在唱歌。

三

是的，每一片荒芜的土地，
都保留着一段绿色的回忆，
田垄里，还依稀萦回着
蝈蝈的欢笑，纺织娘的琴音。
是的，每一棵枯秃的树木，
都封存着一个绿色的旧梦，
枝丫上，还仿佛缠绕着
蝴蝶的彩翼，蜜蜂的歌声。
哦，有过葳蕤茂盛的叶，
有过柔软灵秀的枝，
有过花儿绽蕾时缤纷的喜悦，
有过果实开裂时清脆的欢欣。
一切都非常遥远了，
然而一切都曾经发生！
怎么可能淡忘呢，
这年年如期而至的情景。
任何严酷的冰雪，
冻不断生命中这根柔韧的神经，
于是才有希冀和期待，
才有执着而又美妙的憧憬。

四

拉开冰雪白森森的帷幕，

憧憬，催生出绿色的希望。
种子默默地在泥土中躺着，
芽，却轻轻叩击着硬壳。
哦，待到脱颖而出，它们
便要酿成一个蓬蓬勃勃的新春！
是的，冰雪底下到处是种子，
到处是对天寒地冻的挑战，
到处是对未来充满信心的展望……

五

哦，在萧条冷穆之中，
孕育着最深沉的成熟！

1981 年 12 月

神　　游

——在贝多芬《田园交响曲》中幻想

一

我是一棵蓊郁的合欢树，
摇曳着葱翠葳蕤的树冠，
迎接暴风雨的来临……
呵，闪电，划破了灰暗的天幕，
雷霆，把整个世界震动，
雨来了，雨来了，漫天泼洒的雨呵，
是苍穹倾吐着久久郁积的苦闷！
草原在欢呼，森林在喊叫，
小溪在奔跑，江河在翻腾，
田野里，颤动起无数亮晶晶的琴弦，
和着雨，和着风，和着山谷的呼啸，
汇合成惊天动地的奇妙声音……
我浑身透湿，浑身颤抖，

却抑不住心灵深处溢出的欢欣，
柔韧的手臂在风雨中摇啊摇，
清凉的雨点滋润着一个绿色的梦……
哦，雨后，我想着雨后，
雨后将会有一片水灵灵的清新，
还有千点万点绿茵茵的新生……
哦，我感到身上一阵阵微微的胀痛，
那是芽，在暴风雨中悄然诞生……

二

我是一条欢乐的小鱼，
陶醉于雨后迷人的安宁。
游呵，我在河里无忧无虑地游，
河水，清得如同透明的水晶……
我还忍不住要蹦跳，
跳出水面，看一看河上的风景。
哦，一叶白帆，在我的前方飘，
悠悠然，像一朵乘风飞去的白云。
哦，一群大雁，在我头顶翱翔，
向北，向北，去迎候一个热闹的新春。
哦，一丝垂柳，在我身旁轻拂，
柳丝，牵着河畔无垠的原野，
绿浪在那里起伏，生命在那里竞争。
游呵，我追着白帆和大雁，
游过一片又一片覆盖着河面的绿荫……

三

我是一只快活的蜜蜂，
萦飞于蓓蕾初绽的花林。
羽翼，透明而又晶莹，
扇动着一阵阵馥郁的清芬，
哦，绿色的风，缤纷的雨，
在我的周围轻轻飘萦，
没有烦恼，没有噪音，
只有弥漫着花香的宁静。
一股澄澈明净的蜜泉，
哼着一支叮叮咚咚的歌，
跟在我身后悠然流行……

四

哦，坐下来，睁大眼睛，
我是一个风尘仆仆的旅人！
多么美妙的大自然，
多么珍贵的宁静……
真想永远坐在这里，
把拐杖插进泥土，
让它长成一片会结果的树林，
把帽子甩到空中，
让它化作一群会唱歌的夜莺，
把风尘抖落在田野里，
让它们变成会发芽的种子，
萌发出永不凋零的绿荫。

听，天边又隐隐响起了雷声，
前方，或许会有更神奇的风景！
于是我走，走向蕴集着云雨的远方，
让一行歪歪曲曲的脚印，
融进曾使我迷醉的园林……

1981年初春

遐　思
——听柴可夫斯基《第一钢琴协奏曲》

一

几声庄严低沉的叩门，
震撼着倦慵迷蒙的心灵。
门紧锁，一片幽幽的昏晕，
弥漫在沉寂得太久的屋庭……
我醒了，我睁大眼睛谛听：
一下，又一下，沉沉的叩门！
门外，有一个缤纷的世界啊，
然而，门，锁得太紧。
我走，我在屋里久久盘旋，
迷惘的脚步，迷惘的回声……
哦，我是从哪里走进来的？
我将如何走出这幽暗的迷宫？
啊，叩门，庄严低沉的叩门！

一缕微光在叩门声中悄然飘入，
飘上肩头，化作晶莹的羽翼，
携着我轻盈地飞升、飞升，
像峡谷的风，飞出狭窄的门缝……

二

浩瀚的荒原，无垠的碧野，
苍茫的群山，蓊郁的森林，
灰黄和翠绿之间，蜿蜒着一道白银，
——那是路，通向云烟氤氲的远方，
通向跋涉者心驰神往的梦境……
哦，我已经走进未来的世界？
不，更像是过去那遥远的时辰。
是的，我曾经从这里走过，
那些神话中的风云人物呵，
仿佛都在我身边飘然而行……
那可是失去了脑袋的刑天，
舞着手中的刀剑，依然那么起劲，
没有眼睛，他茫然无措地彳亍，
没有思想，他机械一般地游行……
那可是花容月貌的嫦娥，
郁积着厌世的惆怅飘向苍穹，
天真稚憨的姑娘呵，你真以为
在寂寥的月宫里能求得心灵安宁？
呻吟，愤怒而又痛苦的呻吟，
那是被缚在山中的普罗米修斯，
惘然环顾着周围的积雪和冰凌。

他用生命窃得的温暖火种
已被埋进哪一个荒凉冷漠的岩洞？
只有胸膛上的伤口流着殷红的血，
空中，又扑下了凶残疯狂的秃鹰……
喘息，急促而又深沉的喘息，
那是渴倒在路旁的夸父，
怅惘地仰望着中天喷火的日轮，
手指，深深地扣进焦裂的土地，
一根手杖，化作了郁郁葱葱的绿林……

三

于是，从天空中传来快活的笑声，
狄安娜，这骄妄的智慧女神，
是在嗤笑人世间的蒙昧和愚蠢？
是在讥讽探索者的脆弱和无能？
于是，大地上炸响沉闷的雷霆，
仿佛是不满和愤懑的发泄，
汇合成混浊汹涌的滔滔洪波，
轰隆隆地奔流，轰隆隆地滚动，
淹没了沉默无声的茫茫人群……
一片猩红的云雾旋舞着飞来，
牵引出一阵奇异而又亢奋的足音。
我看见，后羿和赫拉克勒斯
相继从紫雾中挺身而起，
年轻的臂膀，拉开巨大的弓，
两轮满月，高悬于浑浊之中。
刚劲的弓弦在颤动、呼啸，

那金属的巨响，震撼着大地和天空……
箭呵，箭呵，呼啸着飞向远方，
飞呵，飞呵，刺破那万里阴云！
浊流的喧嚷在鸣镝之中沉寂了，
沉寂中，期待着谁的来临？
只有一只美丽的小鸟唱着歌飞来，
口里衔着泥土，还有一颗希望的种子，
不倦地在波涛和高山间来回飞行……
是精卫鸟，这纯真的少女的精灵，
她柔弱，翅膀怎能抵挡凛厉的风？
她瘦小，身躯怎能承受长途的行程？
然而她飞，坚忍地飞，飞去又飞回，
一曲心歌，永远在天地间回萦……

四

世界变得多么平静！世界呵，
充满着色彩和生机的世界，
清晰地映进我明亮的眼睛。
森林，经历过火烧和冰冻的森林，
枯槁的枝干上爆出了生命的嫩芽，
青枝玉叶，在阳光下舒展蔓延，
像不可阻挡的清泉，流进沙漠和荒原，
无数新的萌芽在那里蓬勃诞生，
化成清新的绿，化成五彩缤纷，
一种色彩就是一支生命之歌，
连风，也奏起柔曼轻快的竖琴。
我仿佛踏上一片金色的沙滩，

身后是花园，前面是海洋，
海洋，广袤而又平和的海洋呵，
澄澈如透明莹洁的水晶，
碧波涌动清理着衰老的废墟，
也洗净了陈腐污浊的血腥。
人呢？人都到哪里去了？
听，从黄色的玫瑰花丛里，
从果实累累的思想之树上，
从沟通高山和大海的桥梁间，
从连接理想和现实的大道上，
传来了人们欢乐而又充实的歌声。
一切痛苦和动荡都消散了，
只留下平静的世界和蓬勃的生命，
还有一派可望可即的辉煌远景……

五

叩门，庄严激越的叩门，
回荡在失去了平衡的宫廷。
哦，现在，是我在叩门呵，
我用全部的心力叩打着，
要打开那一扇通向未来的大门。
哪怕门外潜伏着狮身人面的斯芬克司，
我也要毫不犹豫地走出去，
并准备回答他的一切提问！
哪怕门外是一座漆黑的地狱，
我也要义无反顾地冲过去，
冲过了黑暗，一定能看见天堂的光明！

啊，叩门，庄严激越的叩门！
我要让整个世界都能听到，
听到这昂扬奋发的叩门之声！

1981年1月

呵，黄河

呵，黄河，我们的摇篮，我们的母亲！
我怎能不向往你山冈般峻峭的浪峰？
我怎能不思念你雷鸣般深沉的涛声？
你是那么顽强地在不平的大地上流淌，
纵有千丘万壑，挡不住前赴后继的阵营，
你是那么坚韧地在起伏的山峦间奔腾，
纵有九曲十八弯，磨不灭追求大海的雄心。
流呵，流呵，卷千山泥沙绘一幅远征图，
流呵，流呵，携溪涧湖泊作长歌万里行……

呵，黄河，我们的摇篮，我们的母亲！
是的，你曲折，胜过人间的一切九曲长桥，
干涸的黄河故道中，有多少山重水复的苦闷……
然而你依然奔腾着，寻求着，前进着，
浩浩荡荡地冲杀出一条通向海洋的曲径。
曲折而不断，方显出黄河的勇气和胆识，

曲折而向前，方显出黄河的伟大和韧性。
哦，没有曲折，黄河便不成其为黄河，
没有曲折，将会是何等地浅薄和平庸！

呵，黄河，我们的摇篮，我们的母亲！
是的，你浑浊，滔滔黄水看不见河床，
汹涌的波浪中翻卷着千峰万岭的沙尘……
然而你始终热情而又清醒地流向海洋，
沉淀的泥沙可以使你的河床升高，
却不能阻挡你雷霆万钧的宏伟进军。
挟泥沙而不淤塞，这正是黄河力量的标志，
挟泥沙而不惘乱，这正是黄河坚定的秉性！
当然，我相信黄河终将会变得很清很清……

呵，黄河，我们的摇篮，我们的母亲！
我怎能不赞叹你气象万千的雄浑？
我怎能不思索你含义无穷的深沉？
哦，不要说“黄河之水天上来”，
天上，只有虚无的云霞，只有飘渺的幻景，
黄河之水在高山上，黄河之水在泥土里，
黄河之水在亿万热爱黄河的中国人心中……
哦，只要江河仍在祖国的大地上奔流，
我，就要庄严而又骄傲地宣布：
我是黄河的一滴水，我是黄河的子孙！

1981 年 6 月

路呵，路呵
——记一位修鞋匠

他失去了双腿，
再不能用年轻的脚掌
把大道蹬得咚咚作响。
路呵，路呵，
对他还有什么欢乐的意义，
还有什么值得留恋的地方？
用两只手当桨，
划动一块装着轱辘的木板，
能漂向何方呢？
漂向何方……

然而在他身边，
放着那么多的鞋
大的，小的，
皮的，布的，

一双，又一双……
背靠冰冷的花岗岩墙，
他起劲地摇着缝纫机，
把手中的蜡线，
扯得很长，很长——
呵，仿佛淌出了无数道路，
一条条，在手中流淌……

哦，你这欢乐的孩子，
穿上他补好的球鞋，
去赛跑，去踢球，
去放风筝吧，
他，会跟着你轻盈的脚步，
又走回蹦蹦跳跳的童年。
路呵，路呵，
在他的手中流淌……

哦，你这龙钟老人，
穿上他修补的布鞋，
去散步，去打太极拳，
去走街串巷，
把“小心火烛”呼喊。
他还想扶你一把呢，
让你走得轻松，走得稳当。
路呵，路呵，
在他的手中流淌……

素不相识的人们呵，
穿上他补过的鞋，
走吧，走吧，
去寻求心中的乐园，
去踏遍万水千山。
愿你们永远不忘记
这一个为你们补过鞋的
没有腿脚的青年。

是的，他失去了双腿，
但他的路还很长很长
他要叫所有健全的人们
走得更好，走得更稳，
他要让所有可走的道路
通向遥远
通向四面八方……

1982 年 3 月 18 日于上海

永不失落的旋律

一

在茫茫人海里
我寻找
你的苍苍白发
你的炯炯眼神
你的温暖
你的深情
你的燃烧的心

我寻找
用我失而复得的
青春

二

青春

曾经抛弃我
在一个阴云弥漫的早晨
多么寒冷的日子呵
周围的眼睛
像闪着白光的冰凌
命运之弓
将把我射向遥远的乡村

万头攒动的车站
哭声　笑声　鼓声
母亲　朋友　恋人
依依不舍的相视
含着眼泪的叮咛
然而这一切
都不属于我
我孑然一身
像失群的孤雁
像断线的风筝
轻轻的铺盖卷
卷着耻辱和消沉

人头中出现了你的白发
是黑色的天空里
一朵晶莹的雪花
是黑色的水面上
一片雪白的帆影
飘呵　飘呵

飘出一个又一个“S”
终于　在我面前站定
一位素不相识的老人

三

是送我的吗？你
微笑着点头
把一袋青红相间的苹果
塞到我怀中
是送我的吗？你
伸出温暖的手
抚摸着我的肩膀
握住我松开的拳头
紧紧　紧紧

永远忘不了你的眼睛呵
那雪中的炭火
那黑夜的亮星
那划破乌云的闪电
那穿透迷雾的孤灯
心的电石轻轻碰撞了
泪珠，是洋溢着生机的火星……

好，让我
向你打开感情的闸门
让郁积已久的
惆怅　忧虑　苦闷

痛痛快快地奔泻汹涌
卸却心头的沉铅
任年轻的憧憬飞腾
……
然而笛声响了
这尖厉而又无情的笛声
这牵动无数哭喊的笛声
这万水千山的前奏
这生离死别的尾声
一切喧嚣都在耳畔消失
只有你灼灼闪亮的眼神
只有你苍老而简短的
叮咛
走好　年轻人

世界倒退了
而我　开始缓缓地前进
模糊的泪眼中
你是一尊沉默的塑像
举着枯瘦的手
仰着积雪的头
缩小在我的视野
扩大在我的心灵
……

四

走好　年轻人

走好　年轻人
每一节钢轨
每一声汽笛
都在重复着这个声音
走好　年轻人
走好　年轻人

你是谁呢
你是谁
是偶然邂逅的过客？
是错认了儿子的父亲？
是我未曾谋面的前辈？
是动了恻隐之心的路人？
……
走好　年轻人
走好　年轻人

越过一条又一条
湍急奔腾的江河
穿过一道又一道
漆黑漫长的隧洞
身边飞掠过无边的原野
脚下溃退着峻峭的群峰
再不是孑然一身了
再不被孤寂围困
你的声音
千里万里伴随着我

苍老而又刚劲
简短而又深沉
走好　年轻人
走好　年轻人
……

五

当道路
弯弯曲曲终于正直
当生活
风风雨雨终于放晴
当往事和故人
云烟一般从记忆中消隐
你却在我心中
愈加清晰
愈加亲近
像引我走出迷惘的
最初的路标
像敲醒我噩梦的
最初的钟声

也许再看不见你了
然而怎么会失去你呢
在永远新鲜的梦境里
你早已成了我
最知心的亲人
那一句简短的叮咛

化成了多少
包孕着力量的哲理
使我摆脱沉沦
使我奋然前行

六

走好　年轻人
走好　年轻人
……

1982年8月于上海

单叶草的抒情

一

该流逝的
都已悄然流逝
如风中秋叶
闪过最后一片
枯黄的梦呓
该结果的
都已花落枝弯
幽馨在绿荫里跋涉
甜蜜在草地中流溢
你呢　你在
那一根扭曲的虬枝上
依然是一簇
未曾爆青的芽胚
在我心灵的海滩

你像一块礁石
潮汐涌来
便会有雪浪飞卷
……

二

是呀　飞雪
曾经覆盖过
大地和天空
在那些六角形的
美丽花瓣中
却蕴含着温暖的心
听见春雨的颤动了吗
听见柳浪的絮语了吗
听见燕子的啁啾了吗
听见阳光彩色的歌唱了吗
那是我的呼唤啊
我的柔情
我的痴心
曾多少次　多少次
凝成亮晶晶的露珠
在你的枝头滚动
……

三

瀑布为什么泻不完呢
雪山为什么不融化呢

大雁为什么飞来又飞去
海浪为什么退下又涨起
你问　你问
我　从未有能力
给你一个圆满的答复
你　回转身去
让一头秀发
黑瀑布一般甩落
再不能看见你好奇的眼睛
只有那些幽远的疑问
久久回萦在我的胸廓
不时化作夏日雷电
在沉寂的心幕
一闪　一闪
……

四

你把我
推进黑暗的深渊
却不能使我永远消沉
见过地下森林吗
在痛苦的黑暗中
顽强地伸出臂膀
伸出去　伸出去
只要太阳还在空中闪耀
就能触摸到灿烂的天光
哪怕变成一棵可怜的单叶草

我也要举起一面
绿色的旗帜
向世界宣告我的存在
宣告我至死不渝的
品格
也许绿意会退化
退化得近乎透明
然而生命的元素
却比任何时候
旺盛
你的失色
并不意味着世界失色
……

1982 年 8 月于上海

路　　灯

有时候
仿佛变成了一盏路灯
悬挂在寂寥的空间
期待着夜中行人

路是那么漫长
路是那么泥泞
以我微弱的光
为后来者辟一段平安之径
孤独中自有淡淡的欢欣

谁也不会注意我
去了又来
只有匆匆而过的足音
来了又去
只有一一消逝的背影

连影子也背着我
仿佛在嘲笑
这一点可怜的光明

假如变成路灯
我不会因此悔恨
不断的足音
远去的背影
延续着，延续着
我遥远的憧憬
让生命熄灭在一条活路上
我决不悔恨

1982 年 11 月 12 日

莲　　子

我一遍一遍
咀嚼着那些含泪的誓词
像咀嚼一颗一颗
尚未成熟的莲子……

你听说那颗
埋藏了千万年的莲子么
岩浆和暴雨风雪
都未能将它毁灭
也许是成熟于灾难
才能忍受
如此漫长痛苦的煎熬
当同类变成化石的时候
依然用生命
作顽强的沉思

只要有水
有阳光和土壤
一万年后
照样开花结实

你的空虚的誓词
只是一颗
没有生命芽胚的
莲子

1982 年 10 月

蝶　　思

依然是熟悉的微笑
却失去了当初的内涵
依然是清冷冷的歌声
却不再有昔时的情感
依然是轻盈的脚步
却如重锤叩在我心田

是的，旭日
还是往常的旭日
昨夜露珠
还在青青草叶上眨眼
多情的彩翼
还在残花枝头翩跹
云也依然
风也依然

我无法找到
神奇的忘川
逝去的欢乐
常常在心中流连
往昔的你
却不会再回还……

1982 年 10 月

舞　忆

我梦里出现过的精灵
我诗中飘出来的女神
是维纳斯挥动起
断而复失的手臂
是飞天飞出了
荒凉幽暗的洞窟

以你轻盈的脚步声
驱逐残存在我脑海中的嘈杂
以你优雅的旋转
扇起隐藏我心底的激情
以你纤纤玉手
撩开乌云滚滚的帷幕
托起我向往的月亮和太阳
洒出满天晶莹的星

不时投我以莞尔一笑
是雨后的草在摇曳
是初春的风掠过
是黑暗中粲然的流星
照亮了我的夜空

1982 年 11 月 24 日于杭州

微　笑

阳光下的冰凌
雪地里的暖风

帷帘半启
依然听不到幕后的歌声

晨星初露
依然看不见灿然的霞云

一个遥远而又亲近的顾盼
一个平淡而又艰深的谜

1982年12月

白瓷瓶

不会再有晚香玉的清芬了
不会再有康乃馨的优雅了
不会再有了——
玫瑰的妩媚
菖蒲的缤纷
菊的素洁
兰的文静
……

你积雪的躯壳中
曾有一片温暖的柔情
然后清泉已全部流失
渗出看不见的裂缝
我的花儿
再不会为你吐露幽馨

莹洁如故

却只能寂寞地空空

1982 年 11 月

假如失去了真诚

假如失去了真诚
就像湖泊失去了涟漪
夜空失去了星星
优美的小提琴
失去了弦和弓
清澈的明镜
蒙上了迷离的灰尘
曾经温暖过我的小屋
会变成阴森的堡垒
你的所有的笑
所有的声音
都会变成雷
变成剑
无情地震痛我的灵魂
刺伤我的心

假如失去了真诚
就请远远地离开我
让我们天各一方
默默地回想
那些流逝的美好时辰
也许我们会重逢
到那时
但愿我能在岁月的折皱中
发现一双
纯如当初的眼睛

1982 年 12 月

有过普希金铜像的花园

秋风中一切如故
青枝摇曳
新绿出土
少女乌黑的秀发飞扬
孩童鲜亮的领巾闪烁
剑麻依然在地面
冷峻地列阵
棕榈依然在空中
多情地曼舞
只是没有了你的微笑
没有了你深情的注目
没有了你
内涵纷繁的沉默
……

童音在花丛里飘忽

白发老人拐杖得得
心儿寻寻觅觅
在你站过的所在停落
母亲对儿子说
这里有一个诗人来过
恋人们悄声吟哦
——在黑暗中
你的眼睛在我面前亮着
……

不该消失的
消失了也粲然夺目
不该沉默的
沉默时也叩人心窝
从远方
飞来一只不知名的鸟
躲在浓荫里幽幽地唱歌
……

1982 年 2 月

路

你引我
走一条棘藜丛生的小径
好　我走　我走

你说
它能通达坦荡的大路
好　我信　我信

流血了我也不后悔
因为　血
渗入你深深的脚印

你的声音从远方传来
你的又激动又欢乐的声音
就是我的路牌

1982 年 2 月

琴　声

手指滑过乌黑的指板
弓弦轻擦颤动的琴弦
引出来一条清澈的小溪
流进我干涸的心田

为何竟百听不厌
一闭上眼睛
这声音便化为缤纷的画面
有海上金黄的月光
有故乡淡蓝的炊烟
也有你雪白的发结
像一对翩翩的蝴蝶
飘飞在春风沉醉的傍晚……

用琴声描绘一片幽谧的花园
我也化成飞蝶翩跹

飞进去，飞进去
但愿你再和你相见……

1982 年 5 月

誓　言

凿在岩石上的
未必不朽
印成铅字的
未必永恒

云烟般飘过
却不一定消失
流星般飞落
却不一定流逝

一个真诚的微笑
一次心灵的顾盼
哪怕像无声的闪电
也远远胜过

雷鸣般虚张声势的

海誓山盟

1982 年 10 月

大　　雁

——给一位历经坎坷的朋友

漫长而又坎坷的征途
未能折断你的翅膀
喧嚣汹涌的洪水
未能淹没你的向往

一辈子和命运搏斗
一辈子在苦难中歌唱
假如颓丧
早已倒在风雨路上
假如绝望
早已沉没于泪的汪洋
青春的华发
可以积雪凝霜
追求光明和幸福的心
却顽强地闪光

不管这追求
多么遥远
多么渺茫

飞吧，飞吧，
重振你自由的翅膀
等候在前方的
不会永远是暴雨
不会永远是无情的风浪
记住，这世间
还有真诚的友情
为你铺展着宁静的湖荡

1983 年 2 月

友　　情

在刮着寒风的冬夜，
我遇见了你。
你给我一蓬融融的火，
给我一片蕴孕新绿的春意；
心里的冰融化了，
潺潺的，潺潺的，
我听见自己的热情和血液
又开始活泼流溢……

在泛着污浊的岁月，
我认识了你。
你给我一泓清澈的甘泉，
给我一片沁人心脾的气息；
眼前的迷障消散了，
明朗的，澄澈的，
我看见褪去了面具的世界

依旧是那么纯真清晰……

呵，你是一只轻盈的云雀，
衔着真挚的关怀飞来，
又带着我的情愫飞去，
你美丽的歌声，
化作推动征帆的风，
化作哺育幼芽的雨，
化作萌动希望的种子，
撒向广袤无垠的大地……

真的，你给我的温暖和力，
永远不会从我心中消逝！

1983 年 2 月

沉　　默

大山
每一块岩石
都可以演讲一段惊心动魄的历史：
许是地壳的迁动
许是岩浆的喷发
许是从深邃的海底奋然崛起
许是从苍茫的星空倏然降落
然而大山沉默

原野
每一寸土壤
都可以叙述一段七彩缤纷的往事：
有江海最后一次退去的潮汐
有人类最初燃起的篝火
有阳光和风雨永无休止的交替轮值

有春天和秋天永远新鲜的播种收获
然而原野沉默

太阳
每一道光芒
都可以唱出一段辉煌的歌声：
当黑暗消隐时那些欢乐的呼喊
当种子萌芽时那些惊喜的爆裂
当崇拜自然和崇拜神的人们仰望苍天
倾吐出热烈而荒诞的颂歌
然而太阳沉默

面对这些默默无声的朋友
我突然产生一种向往
向往变成一棵顽强的草
或者变成一棵年轻的树
让喜欢喧嚣的喧嚣去吧
我只是默默地
默默地用根去钻探岩缝、荒漠
默默地用叶去拥抱阳光、风雨……

有一天
我将能平静地说
我的沉默
是大山的沉默
我的沉默

是原野的沉默
我的沉默
是阳光的沉默

1982 年 9 月

鹤
——题一段变成雕塑的树根

从深深的泥土下走来
从失去生机的绝望中复苏
因为一个大胆的想象
因为一次巧妙的雕琢
你复活了
复活成一只起舞的仙鹤

你的舞姿像一个问号
总在轻轻地问我
你看见了什么
你发现了什么

好，我告诉你
我不仅看见
一次神奇的复活

还发现

一个关于艺术创造的秘密

1982 年秋

海　　鸥

——题一只烟灰缸

让你在烟雾中飞翔
实在是雕塑家的荒唐
好在我并不吸烟
请你来，只为欣赏你的形象

你这大海的家属
谢谢你为我展开雪白的翅膀
你知道么，有了你
我这间幽暗的小屋
常有起伏的波浪涌来
常有轰鸣的涛声回响

因为你举翅不动
更使我萌生起飞的梦想
在遐想中凝视你

我觉得自己生出了翅膀
飞啊，飞向那辽阔的海洋

1982 年 12 月

桥

洪水　在我们脚下咆哮
我们　坦然地微笑
浪的喧嚣
淹没不了我们的脚步

心和心握手
紧紧　紧紧相握吧
这就是我们的桥
连接着所有的彼岸

1982 年 11 月

窗

赠你一方飘着白云的蓝天
赠你一片闪着金鳞的湖光
赠你如烟如云的远山
赠你似鸥似雪的帆樯
赠你柔声细语的微风
赠你时浓时淡的花香
赠你宁静的喧闹
赠你温馨的安详
赠你一支绿色的歌谣
赠你一曲生命的和唱
我是窗——我是
面向太湖的一扇小窗

向往美的目光
请从这里流向远方
憧憬春的羽翼

请从这里振翅飞翔
放逐黑暗
放逐沉闷
给你清新
给你阳光
让心灵和自然
在这里架设桥梁
让朦胧的梦境
在这里豁然开朗
我是窗——我是
面向太湖的一扇小窗

我是窗　我是窗
我要改变墙的形象

1982 年 10 月

给 我 翅 膀

给我翅膀，给我翅膀，
我是你心中孕育的希望！

我像茧中的蚕
终于咬破自己编织的网。
我像出土的蝉
终于又看见绿荫和阳光。
我像冲出牢笼的小鸟，
我像狂风满帆的桅樯，
我像离弦的鸣镝，
呼啸着射向前方……

给我翅膀，给我翅膀，
我是希望啊，我要飞翔。

我的飞翔是不屈不挠的追寻，

我的飞翔是一往无前的歌唱，
从寒冬飞向春天的绿野，
从黑夜飞向黎明的霞光，
从梦幻飞向沸腾明朗的现实，
从荒漠飞向硕果累累的海洋，
越过所有灰色的屏障，
甩脱一切忧郁和绝望。

给我翅膀，给我翅膀，
我的目标在遥远的地方。

不要蝴蝶的娇柔，
不要蜻蜓的轻狂，
不要蒲公英的随遇而安，
不要候鸟的彷徨流浪，
我的翅膀是雄鹰的翅膀，
我的向往是雄鹰的向往，
任风急雨骤，任山高水长，
我目穷千里，我心驰八荒……

给我翅膀，给我翅膀，
我是希望啊，我要飞翔。

经历过混沌的雾，我清醒，
冲决了无形的网，我解放，
风沙吹不迷我的眼睛，
寒流冲不垮我的志向，

我的羽毛将在搏击中丰满，
我的筋骨将在奋斗中坚强，
蓝天将因我而辽阔，
前方，闪烁着理想之光……

给我翅膀，给我翅膀，
我是你心中孕育的希望！

1982年夏

你看见我的心了么
——读《泰戈尔诗选》遐想

是的，我听见泰戈尔在问我
用他那神奇而又幽远的声音
——你看见我的心了么

我看见了
你的心像雨天里一只孔雀
张开色彩缤纷的思想羽毛
让在雨中苦恼着的生灵们
睁大惊喜的眼睛
你的心像夜空里的一颗星星
闪闪烁烁，执着而又沉静
然而它绝不冷漠，看得久了
就能在清泠泠的光芒中体会温情
你的心像开在净土中的素花

不动声色地吐露幽馨
你把你心的花瓣撒在世界上
让后来的人们去捡，去由衷叹息
哦，这是哪一位春神留下的脚印

泰戈尔在问我，他在问
用他那苍老而又年轻的声音
——你看见我的心了么

我看见了
你的心是飞鸟
尽情地用翅膀描绘天空
哪里有爱鸟的人群和树林
这飞鸟就会停在哪里歌唱
然后又自由自在继续飞行
你的心是月光
无声地铺洒纯真的宁静
这世界越是喧闹
你的月光就越是皎洁纯净
你的心是流水
在崎岖的山地，在平坦的原野
在荒凉或者繁茂的田园中
潺缓地蜿蜒着你的晶莹
过去，现在，将来，有很多小草
因你的滋润而微笑着泛青

泰戈尔问：你看见我的心了么

我回答：我看见了

1982 年 7 月

致叶赛宁

一九二五年十二月二十七日夜，苏联俄罗斯诗人叶赛宁在列宁格勒一家旅馆自杀，其时三十岁。

你怎么忍心扣动扳机呢
你怎么忍心
把冷冰冰的枪口
对准你年轻的心脏
你曾经像百灵鸟一样
在飘荡着炊烟的蓝天里唱歌
你听见了么
你的优美歌声
还在辽阔的田野上萦回
你的热情的咏叹
还在静静的白桦林里荡漾
你晨钟一般的诗句

在银色的叶瓣上
凝结成亮晶晶的露珠
这是你雕刻出来的宝石呵
你曾经怀着万般柔情
讴歌青春和生命
你再想想吧
在那镶着淡蓝色木板窗的矮屋中
你如何向故乡倾诉恋情
在那稠李树叶柔和的簌簌声里
你如何把心爱的人儿亲吻
那银铃般的风铃草呵
那挂着水杨梅的竹篱呵
那织成鲜红锦缎的湖霞呵
还有你儿时的小伙伴
头戴着野菊编成的花环
听你用纤细的声音吟诗
……
这一切，你再想想，你再想想
你曾经把充满同情和爱的目光
投向一个在秋风里乞讨的小女孩
投向一个失去了儿子的老太婆
投向无数善良贫困的人
甚至还有那头衰老的奶牛
还有那只丢了七只小狗的狗妈妈
你不是相信么，你相信
相信幸福是有的

相信痛苦会像乌云一样消散
相信列宁为世界描绘的远景
你难道忘记了
在人头攒动的晚会上
深情的眼睛
像夏夜的繁星簇拥着你
簇拥着你银河般流淌的诗篇
你不会忘记吧
有人对你大声地欢呼
我们爱你，叶赛宁
你属于人民，叶赛宁
你怎么忍心扣动扳机呢
你的土地和人民
还在期待你新的歌声呵
你怎么忍心
这么随便地结束你年轻的生命
你的轻率使缪斯为你哭泣
俄罗斯在叹息
世界在惋惜地摇头
枪，不是为你而发明的呵
不是。你应该握紧的是笔
是笔，是诗人神圣的责任
放下这冷冰冰的武器吧
不要让那一声爆裂
撕碎千万颗热爱诗热爱生命的心
明天，当太阳升起来的时候

当小鸟用歌声敲你窗户的时候
当人们大声喊你名字的时候
你会后悔的
你会后悔

1982 年 8 月

给莎士比亚的十四行诗

一

采来大自然中难得的奇花异草，一束束
奉献给你用水晶般的愿望塑就的美好灵魂；
捧来你无法拥有的沉甸甸的金币，一把把
扔给那些不招自来的谄媚的侏儒小人。
你讲一个又一个悲惨的故事，是因为
你看见有人在阴谋中流血，有人在寒风里呻吟；
你讲一个又一个快活的故事，是因为
你希望幸运和欢乐为所有善良的生命降临。
让你的人物们在风云变幻的世界翩翩行走吧，
让人世间永远响着他们的笑声、歌声和哭声；
舞台总在那里，无论大的小的、有形或无形，
帷幕总要拉开，无论在灯光下、在阳光下、在月光下。
　　他们不会死去，你也就不会死去，

他们会用各种声音向后人呼喊你的姓名。

二

不要说："未来的时代谁会相信我的话，"
既然你那颗聪慧的高尚的心曾经相信，
既然你曾经真诚地倾吐了曲折的衷情。
是的，悠悠岁月熏黄了你古老的诗册，
抚摸它们，我却要轻轻地告诉你：我相信。
我相信你的爱、你的欢乐、你的苦闷、你的恨，
我相信你华丽夸张的词藻中包裹着朴素的真，
我相信，而且不需要你的后裔为你作证。
这世上永不消逝的绝不是王宫，也不是坟墓，
绝色的美容和显赫的权势也只是匆匆流星。
你深知这其中的奥秘，所以才不辞辛劳
用青春和生命把心中的七弦琴弹个不停……
"献出你自己，依然保存你自己。"
"只要一天有人类，只要人还有眼睛。"

1982 年 8 月

读《雪莱传》

普罗米修斯
教会你什么呢?
这世界对于你
没有火种可窃。
然而有火苗似的鲜花,
有珍珠似的露水,
你把它们采撷来,
献给颓丧的人们。

从幽暗的深渊里,
伸出捕捉光明的手,
你的眼睛,
是启明的星星,
你的歌喉
是不会喑哑的百灵,
你的心

是一轮皎洁的月亮。

让金币和桂冠，
叮叮当当滚走吧，
你只是微笑着唱歌。
当然有很多人
要去追逐
这些悦耳的金属之音，
而我，只听见
你的歌声。

1982 年 9 月 12 日于上海

诗 人 之 路
——读《拜伦传》

一

一脚高，一脚低，
路，就这样开始。
登上别人难以登临的峰顶，
然后傲然一笑：
究竟谁是强者？

二

在不珍重爱的人群里，
懂得了如何去爱，
如何去寻找知音。
当冷眼变成了媚笑，
当讥嘲变成了奉承，
当珠光宝气像潮汐，

汹涌地淹没四周的土地，
回到你的森林里去吧，
让清凉的风
吹散脸上的热晕……

三

诽谤是毒藤，
能缠死脆弱的乔木，
却缠不死
向往自由的心，
缠不死
丰富而又坚韧的精神……

四

漂流四海，
就是为了写一部
传于世人的游记么？
摇着头，
你走进陌生的人流……
举起正义的剑，
拿起诚实的笔，
到处能找到，
心心相印的朋友。

五

在异国的土地上，
呼喊祖国的名字，

流着英雄的血，
流着战士的泪，
流着游子的凄楚，
流着诗人的意志，
你是喷泉，
喷不尽赤诚和热情……

六

在祖国，
人们呼唤你的名字。
你铿锵的声音，
化成雷电和风暴，
震撼着故乡的土地。
从故乡出发，
你的歌声展开翅膀，
翱翔在广袤的天宇……

七

是的，只要人类
依然向往自由，
依然热爱祖国，
依然渴望爱情，
依然崇仰正义，
你的声音和脚步
就不会消逝！

1982 年 6 月

羽　毛　笔

曾经飘飞在湖泊
曾经翱翔在森林
是自由自在的精灵啊
碧波中的一朵雪浪
蓝天里的一片白云

谢谢那一个聪明的人
把你插进了墨水瓶
这样奇妙的创造
定然出于诗人之心
于是有了荷马
有了雪莱和普希金
有了水一般、云一般的语言
有了会飞翔、会燃烧的诗文

天鹅啊

给我一根轻柔的羽毛吧
给我一片雪白的诗情
让想象展开翅膀
提起笔
心儿便飞向广袤的自然
去采撷山林之秀
去拾取清泉之音
去捕捉
隐匿在云里雾里的
诗的精灵

1982年11月13日于上海

故宫随拾（三首）

帘

不是瀑布
奏不出令人神往的
山之交响
不是墙
隔不断窥探历史的
好奇的目光

风来时
珠子和珠子相撞
缝隙里飘着紫烟
依稀旧梦登场
网里的狡诡
笼中的跋扈
花花绿绿的皇袍里

有不可一世的骄横
也有孤苦
也有怅惘
……
消失了风
消失了烟
只有成串的珠子
让你一粒一粒数
让你用目光去穿透
让你想
……

鸦

傍晚　紫禁城
血红的夕照中
飞舞着一片又一片
黑色的鸦群……

期待的宁静
没有如期来临
古老的琉璃瓦屋顶上
盘旋着喧嚣的啼鸣

传说中的不祥之鸟
从四面八方飞来
汇集在昔日的皇宫
仿佛为了复述

那些遥远的耻辱和悲愤

墙

原也是黄土
被烧成砖
砌成这高高的屏障

在平原上筑框
拦截道路
阻挡视线
要把相同的土地
分隔成地狱和天堂

该坍的终于坍了
留存的墙脊上
瓦松青青
绿草流芳
毕竟是泥土的分子
不会拒绝生命的歌唱

瞧——
墙外的小鸟
飞进了墙里
墙里的小鸟
也在向墙外飞翔

1982 年 12 月

致 石 像

——十三陵抒情之一

我为你们悲哀
你们这些大山的家族

原可以成为纪念碑
成为宫殿的立柱
成为英雄的造型
成为大厦的基础
成为桥
成为路
成为山的骄傲
成为力与美的雕塑

不幸竟变成石人石马
流放在这寂静的幽谷
或垂首

或匍匐
或仗剑而立
或屈膝而跪
用永不变化的表情
守着森严的陵墓
哦，一群可怜的牺牲者
一群沉默的奴仆

我为你们悲哀
你们这些大山的家族

帝王的尸体
早已烟消云散
早已成为山中黄土
帝王的功绩
并未因你们而不朽
因你们而流传千古

有谁还会为朝拜而来呢
只有你们依然伫立着
一如当初
仿佛沉思了几百年
仿佛等待了几百年
却至今不肯醒悟
我凝视你们
不是感慨皇陵的宏伟

而是惊奇你们的麻木

我为你们悲哀
你们这些大山的家族

1982 年秋北京—上海

镏　金　兽

——故宫抒情

似狮非狮
似虎非虎
也不是牛马
也不是狗豚
却一样龇牙咧嘴
却一样怒目圆睁
尽管镀了金
无法掩饰狰狞
我抚摸闪亮的兽身
手心冰冷
心头却涌起一丝怜悯
狰狞了几百年
无法变一变表情
这一群可怜的生灵
听见四周的笑声么

你们也许想哭　想笑
想一吐心中的郁闷
却只能龇牙咧嘴
却只能怒目圆睁
……

举头仰望
竟遇见你们
轻蔑讥讽的眼神
似在嘲笑我
浅薄的同情
——为什么要变呢
就这样愤怒
就这样狰狞
就这样
保留着昔日的感情
保留着一个时代的
智慧和遗恨
……

1982 年 12 月

长安街月光

中秋之夜
我漫步在长安街上
月光，月光，月光
古老而又年轻的大道
洒满古老而又年轻的月光
古城楼剔透晶莹了
飞檐像是一些精致的冰雕
琉璃瓦镀上了纯洁的霜
路旁每一棵高大的白杨
仿佛都变成了月宫里的金桂
风中也真的飘来木樨的清香
看那些窗，看那些窗
每一扇都是一轮丰满的月亮
月亮里有团圆的欢笑
有各式各样庆贺丰收的琼浆
宁静的街灯像月亮

流动的车灯像月亮
行人的微笑也像月亮
今夜，世间的一切都融化于月光
广寒宫怎能和这里相比
这里到处是温暖的月光

我，一个来自远方的游子
在长安街仰望中秋的月亮
月光如水，月光如水
涤荡我心中淡淡的惆怅
是的，只要走在祖国的土地上
只要沐浴着祖国的月光
我能够看得见母亲的微笑
看得见我那遥远而又亲近的故乡

1983 年 4 月

乌江夜渡

一

黑暗中
闪出几星灯火
是一些神秘的眼睛
悠悠地叙说
遥远的事情

二

风声里
雨声里
依稀有马啸号鸣
刀剑铿然相撞
溅出撼人心魄的火星
涛声呜呜咽咽
是楚霸王绝望的叹息

是虞姬悲怨的歌声

三

山影幢幢
像失败者的雕塑
看不清容颜
辨不出表情
只有森森的轮廓
勾勒不屈的刚劲

四

急浪扑面而来
声如千军呐喊
催我那沉睡的记忆
在骇然中惊醒
是的　是的
也有万难不辞的英雄
在这里天神般降临
枪声和炮声
挑落夜的幕屏
让悲剧与历史做伴吧
胜利者
在险山恶水间
辟出了通幽之径

五

远方　远方

蓦然闪出万点繁星
亮出一派神话般的光明
你好　水电站
在浓浓的夜色中
悄然为我掩上史书
并且粲然地笑着
迎接我抵达彼岸
捧给我
一群耀眼的晨星

1982 年冬

黄河故道遐想

曾经是汹涌黄水的河床吗?
为什么听不见潮声轰响,
看不到浊浪排空的景象?
一片野苇,几星蒿草,
沐浴着萧瑟秋风,
述说寂寞和荒凉……

问遍地狼藉的乱石吧,
当年的黄河是如何在这里流浪,
像一个勇猛而又天真的莽汉,
曾经欢乐地呼啸着横冲直撞,
以为每一道峡谷都能通向大海,
以为每一片平原都能铺向远方……
却不料在一马平川迷失了方向,
年轻的黄河啊,
你是如何在这里彷徨,

如何踯躅着倾吐心中的惆怅，
如何呜咽着呼唤遥远的海洋？

黄河已经从别处流入海洋，
为世人描绘出一个
百折不回的英雄形象。
年轻时的故事，
他一定不会遗忘。
你看这从高山带来的遍地岩石，
你看这曲曲弯弯的干涸的河床，
这是一行惊心动魄的脚印啊，
留在他曾经拼搏探索的征途上……

站在这片土地上沉思，
我听见了黄河古老的歌唱，
我听见他顽强执着的脚步
依然在前方回响。

1982 年秋北京—上海

空 谷 回 声

是我的声音，还是山的声音？
一阵阵，一阵阵，在空谷回萦，
像悠悠荡荡的眷恋的风，
像飘飘袅袅的无形的云，
裹挟着我思念大山的灵魂……

我的思念在森然的峭壁上碰撞，
迸出这不绝如缕的回声。
大山呵，你回答我一些什么呢？
是山重水复的迷惘？
是柳暗花明的欢欣？

我喊，我喊，我不停地呼喊，
山鸣，谷啸，一片深沉的回应。
面对如画的群峰我凝神静听，
听幽远的音响越过一个个峰顶……

哦，是我的声音，还是山的声音？

是我的声音，也是山的声音呵，
是山的灵魂，在呼唤我的灵魂？
我懂了，我要去翻山越岭，
去寻找等候在远方的诗和画，
去捕捉大山里所有美的精灵……

我的声音在苍茫的大山里跋涉，
大山的声音在我的心中回萦……

1982年10月于武夷山

宋　　桂

不期而遇
在这人迹杳然的古园
我们交谈
在这秋雨绵绵的夜晚

我的语言是凝视
无声的询探
无声的慰问
从树根一直到树冠

你的语言是清芬
文雅而又坦然
一阵又一阵
润透了我的心田……

哦，屹立了一千年

一千次开花吐艳
一千次悄悄预告
橘红柚黄的秋天
你的语言，从未有变
不管人间地覆天翻
芳馥如故，清香依然……

好，让我们一起
用自己的语言
执着地
倾吐心中的信念

1982年10月

柚　树

你瘦小孱弱的躯干，
竟能结出如此硕大的果实！
我为大自然创造的奇迹感叹，
却也为你担着忧虑。

像一位含辛茹苦的母亲，
众多的子女已压弯你的背脊；
像一位负重远行的旅人，
沉沉的行囊已使你滞步喘息……

你哪里来那么多乳汁呢？
你哪里来那么多精力？
你不怕呕尽了心血么？
你不怕精疲力竭？

你在风中喁喁絮语，

声音却温柔而又充实，
听不到怨天尤地的牢骚，
只有一阵阵清冽的香气……

秋风呼啸着从你身旁掠过，
吹落两个金黄的柚子，
一群儿童欢叫着奔来，
遍地滚动着天真和欢喜……

你仿佛也被逗笑了，
满树香柚如金钟摇曳……

1982 年 10 月于武夷山

剑　兰

劈开顽石
岩缝里蹿出倔强的枝干
刺破云雾
峭壁上绽开皎洁的花瓣

摇曳着叶条青青
散发着馨香淡淡
一个柔韧的灵魂
在倾吐坚忍的信念——

给我一星薄土
我就要把生命的颂歌传播
在寂寥的荒芜中
赠你一片不褪色的绿
在单调的绝笔上
赠你一个不落的春天

1982 年 10 月

九 曲 溪

一

一条青罗带
飘飘悠悠串起了群山
在峡谷里迂回
在奇峰间穿行
在石滩中盘旋
过一曲
赠你一份美的欣喜
绕一弯
赠你一幅山水画卷
人在画里飘游
画在心中舒展

二

透明如水晶
柔软如绸缎

却不是纤纤弱女子
也不是轻浮浪荡汉
没有一堵峭壁
能拦住它的脚步
没有一块岩石
能阻挡它向前
弹着琴
唱着歌
绿着岩上芳草
红着溪头花瓣
并且毫不留情
磨圆了所有挡道峭岩
永远奔流不息
追求是那么遥远

三

曲折中有美
美在曲折里
但愿天下人生路
也如九曲溪
顽强地奔流
执着地寻觅
纵然千曲百折
永不与美分离

1982 年 10 月于武夷山

武 夷 山 月

——中秋抒怀

墨蓝的夜空中，
洞开一扇金黄的小窗，
圆圆的窗孔里，
洒下清冷冷的光。

融化了幽谧的森林，
融化了起伏的山冈，
融化了奔泻的清泉，
也融化了赏月人的遐想……

今夜故乡人何在？
定然也在举头遥望……
夜空中这扇小窗呵，
沟通着人间思念的目光。

世界是如此晶莹，
空气是如此清爽，
山、林、人，都在静静沉思，
只有月光在流淌……

1982年10月于山中

卵　　石

无论你小似珠豆
无论你大如磨盘
在奔腾的溪流中
都一样光滑滚圆

无论你兀立在深涧
无论你斜躺在浅滩
在轰鸣的泉声里
都一样默默无言

曾是拦路绝壁
曾是挡道峭岩
曾有锋利的棱角
曾有独特的容颜

终于瓦解

瓦解于溪流的坚忍果敢
终于屈服
屈服于山泉的一往无前

为一支遥远的进行曲作注解吧
为一个坚强的灵魂做伴
成为五线谱上活泼的音符
成为诗行中优美的标点

捡回一枚小小卵石
伴我案头青青水仙
看着你晶莹的光泽
清泉，便会流过我心田

1982 年 10 月

高山红豆树

兀立在云雾之间
数百年厮守着空谷峭岩
心中自有难言的隐情
秋风里，才默默
洒下一片相思的泪点

你的所思在何方呢
是北国，还是南方故园
捡起一滴殷红的泪珠
让我下山传达你的思念

向谁传达呢
我不由暗笑自己的茫然
你在风中微微叹息着
仿佛在重复
一个恪守了一生的誓言

1982 年 9 月于武夷山

第三辑　自然之子

月夜听泉 | 登攀道上怀徐霞客 | 往事 | 献身 | 孤独的小白杨 | 寄远
相思 | 网 | 雨夜灵岩 | 大雁、雁湖和我
绝壁上的红杜鹃 | 清音

无锡风景 | 雨烟 | 菜花梦 | 冬青 | 心中的树 | 自然之子 | 歌声
致大漠之风 | 听诗 | 伊宁黄昏 | 歌 | 花帽
致芦苇 | 赛马印象 | 问榕

水仙吟 | 长城 | 山思 | 纤夫 | 峡鹰 | 古栈道 | 挥手 | 白孔雀
灯 | 秋兴 | 我的心 | 山湖林烟（十一首）
华莱士纪念碑 | 寻找女神

天光 | 蜂鸟之鸣 | 玛雅人墓地 | 攀登金字塔 | 圣普利斯卡教堂
奎尔纳瓦卡印象 | 古堡和孩童 | 巨兽 | 乡村教堂

月 夜 听 泉

是谁在这深深峡谷
把一阕无人解释的古曲
永无休止地弹唱

飘忽的韵律
如同幽林中流泻月光
清亮的节奏
如同夏日雷霆袅袅余响

月亮听得疲倦了
悄然隐落在青沉沉的山岗
黑暗，吞没了群峰
却吞没不了
不绝如缕的琴声和歌唱
你歌喉不会喑哑么
你琴弦不会绷断么

你时急时缓的激情
永远是如此深沉么
你什么也不回答
只是用一往无前的歌声
送我走进月色溶溶的梦乡……

梦里
我成了一颗涧中卵石
任你用晶莹澄澈的歌声
拂去我心里的疲惫和惆怅

1982年9月于武夷山

登攀道上怀徐霞客

山路像天上挂下青藤，
在云中飘忽，
在雾里闪烁……
我来了，
来追寻你当年的足迹，
来重温你当年的欢乐。

山使我气喘吁吁，
路使我汗流如注，
深渊绝壁，
使我领教
登攀的艰险和辛苦……
这就是你探险的途径么？
也许，当年这里没有路，
只有棘藜藤蔓，
只有野兽出没……

我的先行者呵。
我仿佛看见你——
“蹑石则峭壁无阶，
投莽则深密莫测”，
你探求的足音，
依然萦回在深山幽谷。

回首远眺——
群峰“青紫万状”，
令人“诧而瞩目”。
岩既雄扩，
泉亦高散，
千条万缕
悬空如注，
九曲溪呵，
像从你心里泻出的
一首委婉优美的诗歌……

此情此景，
也如你登临时刻么？
青山丽水，
也曾抚慰你疲乏的筋骨？
没有回答
只有山风在峭壁上吟哦，
呵，分明像你抚掌大笑，
又对群山赋诗作歌……

再为我作一次导游吧，

徐霞客——

武夷山万种神奇，

永远为不畏劳苦的登攀者

准备着欢乐和收获……

1982年11月武夷山—上海

往　事

一

不
怎么会是烟呢
是岩石
滚落在心的峡谷
只要留神寻觅
我能一一把它们拾得
……

二

浓郁的绿荫下
一条空空的长椅
玫瑰在身后流芳
湖波在脚下闪烁
一切都如同当初

只是没有了优美的桨声
水面上
泊一只孤零零的小舟
花丛里传来恋人的笑语
讥嘲着我的寂寞
……

三

近山远山
依然在青青的天幕起伏
春天绿
秋天黄
起雾时若有若无
你还记得山的内涵么
呜咽的流泉
曾经告诉我们
那么多神奇的传说
如果进山去
路还在
竹林还在
鸟儿还在树梢上唱歌
……

四

汹涌的潮汐
早已抹平了
海滩上的脚印

浪头拍着礁崖
用雷鸣般的涛声
和雪花般飞溅的省略号
不厌其烦地重复
一个古老而又新鲜的
题目
……

五

你的声音
也常常在我耳畔重复
——有不变的么
——有永恒的么
现在我能回答了
有——
是那逝去的时光
是那缕刻在心头的
记忆的雕塑……

1983年2月14日

献　　身

——题《加莱义民》[1]

为同一个崇高的愿望
一起叩响死亡之门
伸出筋肉鼓鼓的手臂
迎接魔鬼的绳索缭铐
低下高贵而又沉重的头颅
等候刽子手的刀锋斧刃
是伟大的耻辱呵
是悲壮的献身
你们的脚步那么平静
可我怎能相信
你们的心中会没有怒火升腾

①　《加莱义民》，罗丹的著名雕塑作品，取材于法国历史故事：1347 年，英军围困加莱城一年之久，最后城中粮食耗尽，被迫投降。英军准备夷平全城，杀绝市民。六名勇敢的市民自愿赴英军驻地，他们脖子上套着绳索，手里拿着城门的钥匙，决心以自己的牺牲拯救全城市民的生命。

没有工夫回顾一生了
有的已长如临近大海的江河
有的才刚刚流进原野呵
如今要在同一时刻告终

死神是严厉的审判官
审视着原形毕露的灵魂
有冷峻的
像凛然的冰峰
有愤懑的
像笼中的狮虎
也有惊惶的
不敢抬起失色的眼睛
然而死是不可避免了
到断头台上
血会是一样的鲜红
到史册里
名字会不会一样的庄重

是的是的
灵魂当然色彩缤纷
英雄绝不会一一雷同
面对献身者的血
幸存者竟惯于架设天平
死了的英灵也能称一称
据说是有些重，有些轻
我用年轻的目光

千百遍抚摩
这些面对死神的灵魂
只有崇敬
只有崇敬

1983 年 4 月于上海

孤独的小白杨
——题陈文的一幅油画

孑然一身踯躅在旷野，
像失群的孤雁。
然而没有凄楚的悲鸣，
也没有绝望的哀怨。

在贫瘠的土地上，
崛起挺直的生命，
伸展葱翠的翅膀，
去抚摸蓝天，拥抱新月……
让来自森林的风，
轻轻地，轻轻地，
梳理日益丰满的羽叶……

孤独自有孤独的愉悦，
在孤独中学会坚忍，

在孤独中学会奋斗，
在孤独中学会憧憬，
在孤独中把生的意义理解。

1983 年 4 月

寄　远

我从感情的土壤里
摘下一朵成熟的蒲公英。
对着那轻柔的绒花轻轻一吹，
白色的小天使便飞起来了……
飞呵，飞呵，
但愿——
它会飞进你的心田……

我从思念的大海边，
放出一只彩色的风筝。
对着那绵长的细线轻轻一剪，
斑斓的蝴蝶便飘去了……
飘呵，飘呵，
但愿——
它会飘落在你的身边……

呵，远方，缈邈的远方，
我看不清你真切的容颜。
雨，在我眼前飘，
雾，在我心里缠……
但愿，但愿，
你会从迷蒙中走出来，
如雨后悄然吐苞的睡莲……

1983 年 4 月

相　　思

这是一只痴心的小鸟，
歌唱着，呼唤着，
盘旋在林涛起伏的山坳……
呵，哪里？哪里
是温暖美好的归巢？

这是一颗羽化的种子，
飘荡着，颤动着，
飞舞在云絮悠忽的天际……
呵，哪里？哪里
是可以生根的土地？

这是一滴晶莹的山泉，
蹦跳着，滚动着，
流淌在岩石嶙峋的山坡……
呵，哪里？哪里

是波涛滚滚的江河？

这是一缕透明的轻烟，
上升着，扩散着，
融化进空旷浩森的蓝天……
相思呵，相思呵，
思无际涯，情无边缘……

1983 年 4 月

网

太昊师蜘蛛而结网。

——《抱朴子·对俗篇》

我当然佩服伏羲的聪明才智，
居然从蜘蛛得到创造的灵感！
哦，那人世间第一张人为的网，
为世界带来多少难以预料的景象

网，网住了水里的鱼，天上的鸟，
网住了桀骜不驯的虎豹豺狼……
人类因此富足起来，强盛起来，
却也因此罗织出许许多多的荒唐

网，竟也撒进人们的生活，
无形无状，却可怕得像阴森的围墙……
于是才有了忧悒，才有了迷惘，

才有了无路出走的惆怅和绝望！

哦，有些网应当结牢补严，
让网中盛满沉甸甸的丰收和希望，
有些网，却必须剪碎冲破，
让纯真的心灵自由自在地飞翔……

1983年4月

雨夜灵岩

山，像一群沉默的人
有垂首伫立的老翁
有含情脉脉的少女
也有砍柴的樵夫
也有打坐的僧侣

山与山——人与人
咫尺天涯
永远只能默默相视
不能拉一拉手
甚至不能
打一声招呼
此刻，在蒙蒙的雨雾里
他们之间终于失去了
距离
那温润柔和的气氛

使群山悄悄地融成了
一体

雨声彻夜响着
沙啦啦、淅沥沥
是他们在亲密交谈
在互相倾吐
郁积了很久很久的
相思
我听不懂
那些神秘的絮语
但能感受到他们的
欣喜

当那些优美的轮廓
重现于雨后的晨曦
我听见群山伤心地哭了
泪，汩汩地淌着
淌在每一条石缝里
于是，他们之间
重新开始了
那沉默而又惆怅的
相视

1983 年 5 月

大雁、雁湖和我

你们在哪里？你们在哪里？
大雁呵，南来北往的大雁。
我多么想看见你们
庄严而又热情的队列，
排成“一”字，排成“人”字，
高高地从我头顶掠过……
我多么想听见你们
遥远而又亲近的歌声，
不绝如缕，在辽阔天际回旋……
我想借一对轻盈的翅膀，
成为你们队列中年轻的一员。
带我去寻找雁湖吧，
寻找那铺展在高山顶上的
天连水，水连天……

你们在哪里？你们在哪里？

大雁呵，曾经聚集在山头的大雁。
为什么看不见你们的影子——
难道，是你们中断了世代相传的跋涉，
失去了搏击风暴的翅膀和信念？
哦，找雁湖去！找雁湖去！
也许你们正在宁静的湖面睡眠。
一位山里的老人微笑着告诉我——
雁湖，早已成了干涸的荒田……

哦，原来如此，原来如此，
我仿佛看见最后一只大雁
流着泪在山头久久盘旋……
再也没有青青的芦苇可以做窝，
再也没有依依的湖波可以留恋，
山顶上，失去了倒映青天的明镜，
失去了你们的一个云中驿站，
一个风光明媚的美妙摇篮！
你们去了，远走高飞，
你们去了，再也不回还……

我想，你们应该留下一些什么，
也许是几根轻柔的羽毛，
也许是一枚斑驳的蛋……
可是，我的面前
只有漫山遍野的青青小草
只有千奇百怪的峭石危岩……
哦，你们一定是怨恨了——

为什么，清泉不绝，青山未老，
唯独雁湖失去了生命的波澜？！
命运，对你们是如此严酷，
你们是否绝望，是否无力地垂下翅膀，
面对远方作一声无奈的哀叹……

当四合的暮霭封锁了群山，
我突然发现——
暮色中的每座峰峦，每块岩石，
都变成了一只展翅的大雁！
是的，我看见你们了，大雁，
你们把自己永恒的形象留在了深山——
不是一批垂头丧气的屈服者，
而是一群不屈不挠的英雄汉！
假如，我也是一只大雁，
假如，我也失去了我的雁湖，
我会记住你们的形象的——
永远，永远，不把凌云的翅膀收敛！

1983 年 5 月于雁荡山

绝壁上的红杜鹃

杜鹃花开的时节早已过去
你却突然飞进我的眼窝
在峻峭森然的绝壁上
你粲然地微笑着
骄傲而又孤独
忧郁而又欢乐

是一个美丽大胆的诱惑呵
你分明挥着手，摇着头
轻轻地询问每一个来者
——敢来采我么
　　假如你
　　愿意为追求美付出代价
　　假如你
　　是一个敢想敢做的强者
　　那就来吧

我把最大的欢乐
留在最危险的场所
假如你爱我
请你为我拼搏

我多么想得到你
却少一副征服绝壁的筋骨
只能久久把你仰望
只能轻轻为你祝福
但愿你看到我深情的注目

一片云雾悠悠升起
悄然把你的笑容掩遮
留给我淡淡的遗憾
也留给我静静的思索

1983 年 5 月于雁荡山

清　　音

——赠友

我陶醉于你的澄澈了
你清清地从我身畔流过
洗濯着我心头的尘浊
我也发现你的深沉了
你静静地凝集，舒展，荡漾
留给我一支吟唱不尽的歌
……
你轻轻地告诉我
世界应该是年轻的
生命应该是美丽的
活着，就要生机勃勃地流
去浇开所有可以绽蕾的花朵
……
如果能永久地
在你的身边停留

我的歌喉将不会喑哑
我的青春将不会消失
你的晶莹的微笑
将驱散我心底的
忧悒
……
你的美丽的清音
已录在了我的心窝

1983年5月于雁荡山

无 锡 风 景

太湖黄昏印象

静静地燃烧着一湖宁静的水
融化了山，融化了岛，融化了彩云
松影背后闪烁着迷人的光芒
是天光是水光，谁也无法分清
黑黝黝一叶孤帆飘在湖里，也飘在天上
无声的鸥鸟掠过水面，掠过树林
逐渐幽暗逐渐模糊的是天和水
逐渐清晰逐渐明亮的是星和灯

秋风里远眺梅园

没有了雪海似的花
没有了怡人的绿荫
于是也没有了
蜜蜂一般寻花的人群

只有光秃秃的枝杈在风中摇动
可是在回忆春的喧闹和缤纷
不知这回忆是甜，是苦，是酸
多少次被人们迷恋，又被人们遗忘
也许它们早已习惯了忍耐，习惯了等待
你看那空空的园子里走着一个守林老人
他蹒跚的脚步正走向寂寞的梦境

古运河泛舟记

岸上烟囱驱散了古朴的画意
水中机声赶走了怀古的幽情
机器声实在是太大了一点儿
大得无法听见潺潺的水声
好不容易有一只木船摇来
木橹在船娘手里像一条柔软的长鞭
悠悠拍打着荡漾的波纹
可是听不见橹声，听不见橹声
只有船娘的微笑
微笑里流淌着古运河的诗情

雨　　烟

烟一般云一般的是湖上的雨，
绡一般纱一般的是湖畔的烟。
青紫红绿在雨烟里飘漾闪烁，
分不出是桃是李，辨不清是柳是杉，
仿佛有万种千种神秘的微笑，
躲在清新的迷蒙中忽隐忽现。
微风湿漉漉吹落缤纷的花瓣，
飘入沉静的湖，化作三点两点渔帆……

1983 年春于淀山湖畔

菜 花 梦

这梦是金黄的，
金黄得如同早晨的阳光。

这梦是芬芳的，
芬芳得如同陈年的佳酿。

梦中，我是一只蜜蜂，
唱着歌盘旋在花的海洋。

梦中，我是一缕清风，
轻轻吹皱花的波浪。

梦中，我是一片泥土，
悄然迎接花瓣的飘落。

梦中，我是一把连枷，

欢乐拍打饱满的菜荚。

哦，金黄的，芬芳的，
故乡的菜花在我梦里飞舞……

1983 年 4 月

冬　　青

当大雪纷纷扬扬
我才发现
你的深沉执着的热情
给肃杀的季节以一星绿
给苍白的大地以生命之火
给萧瑟的心灵以春的憧憬

在花红柳绿的时分
我为什么看不见你呢
缤纷的色彩
迷眩了我的眼睛
浓艳的芳馨
熏醉了我的灵魂

是的，我不再羡慕花
不再期望蜂蝶绕萦

既然不是所有的生命
都能始终高举不褪色的旗帜
我当然敬仰你了
我愿意脱落所有的浮华
成为你家族中的一员
成为一棵普普通通的
冬青

1983 年春

心 中 的 树
——致一位台湾诗人

人人都可能有
一个幽远神奇的隐秘
那是心灵中
一片永不干涸的土地
岁月风沙
掩埋不了它的绿色
绿在蔓延——
哪怕是白雪飘扬的冬季
谁会相信
故乡的种子会凝化为石
就是石头，你也要
把它酿成甘洌的醇醴
多么奇妙，乡愁
竟在你的血肉中旋为年轮
年轮年年扩大

扩大成一棵不死的思乡之树
天下还有什么植物
比你的树更加坚忍美丽
被绿叶覆盖的世界
将缩得很小很小
被根连结的土地
终究是不可分割的整体

自 然 之 子

——赠一位青年画家

当长毫轻轻舔着画盘
眼前便溢出田野的缤纷
当墨彩浓浓泼上宣纸
心儿便飞向宁静的山林
让云雀在笔下唱歌吧
让清泉在画里奔腾
让变幻无穷的霞雨云雾
轻盈而又柔曼地在手中飘萦
……
你我都是大自然之子
都曾陶醉在她广袤的胸襟
母亲给我们一双明亮的眼睛
让我们用它去发现美
去寻找跋涉途中的万般清新

不必担忧山重水复，道路中断
只要追求的脚印执着地延伸
前方——一定是柳暗花明

1983 年春于上海

歌　声

遥远的微风
鼓起思念之帆
送我返回童年的港湾
白莲花般的云朵
飘荡在起伏的海面
月亮在微波中穿行
笑声在月光里翩跹
妈妈又讲起过去的事情
天真的瞳仁里
晶莹的珍珠一闪一闪
……

遥远的微风
吹散旅途上的烟尘
世界变得安谧
空气变得纯净

只有风儿轻轻地吹
亲切而又清新
单纯而又深沉
童心随微风展翅飞翔
去寻找儿时的脚印
哦，但愿这清风不散
陪伴我跋涉远行
……

1983 年夏于上海

致大漠之风

你来了
你狼群一般咆哮
直叫得天昏地黑
每一颗沙砾，每一块卵石
都在你的呼啸中颤抖
你来了
你像千万把锋利的尖刀
砍割着无边无际的大地

你能把峻峭的山冈
拔掉毛，剥掉皮
割成碎片，碾成沙砾
你能把一切有棱有角的岩石
都磨得溜圆
……
是的

你强悍，你残酷
你绝不懂怜悯和温情
然而你以为你是不可抗拒的
你以为你已经主宰了大地和生命？

你看见么
骆驼刺的种子
在你的呼啸中飞舞
只要遇到一颗露珠
它们就会化作星星浅绿
深深地在沙砾中扎根
骄傲而又不屈地
在荒芜中昭示生命的坚忍
你听见么
清脆的驼铃
在你咆哮的间隙中
优美地飘萦
你无法驱散它们
你无法淹没它们
你看见那一片又一片
新的绿洲吗
你看见那一群又一群
耸入云天的井架吗
创业者在你的咆哮中
唱歌，欢笑
你听见了吗
你听着，你听着

你折不断信念的桅杆
你扯不破理想的帆
你永远不能阻挡
生命的远航
……

1983 年 9 月于新疆

听　　诗

——赠一位维吾尔族诗人

你忘情地吟你的诗篇
我也忘情地倾听
你深沉的语调时起时伏
我的思绪也起伏翻腾
是的，我并不懂你的语言
然而我能理解，我能懂

我听见雪水在戈壁滩上奔流
牧人正追赶着云海般的羊群
我听见歌声在果园里荡漾
伊犁河畔弥漫着醉人的清芬
我听见手鼓在嘭嘭嘭地敲打
一轮满月落在笑语喧哗的院庭
也有葡萄架下甜蜜的絮语
少男少女的眼睛像夏夜的亮星

也有沙漠中执着的驼铃

脚印，在没有道路的荒芜中延伸

……

1983年9月于伊犁

伊 宁 黄 昏

白杨树变得金红金红
微风悄悄收敛了脚步
喧闹的地方开始宁静
宁静的地方却传出动人的声音
湖蓝色的围墙里
手鼓化作草原上的奔马
独它尔奏出赛里木湖的涟漪
男人们唱着“木卡姆”
唱出回荡在峡谷里的秋风
林荫中走出一群哈萨克少女
仿佛飘过一片五彩斑斓的云
她们不知道高兴些什么
突然爆发出清脆的笑声
笑声消失了
笑容却在暮色中优美地凝固

……

白杨林中

隐着一个欢乐的小城

1983 年 9 月于伊宁

歌

一位哈萨克阿肯（歌手）用歌声告诉我——

母亲给我一副嗓子为了什么
为了唱歌，为了唱歌

只要活在世上，我的歌声就不会喑哑
生下来就唱，临死时还唱
走在翠绿的田野上我要唱歌
坐在芳香的果园里我要唱歌
骑着奔驰的骏马我要唱歌
牵着疲惫的骆驼我要唱歌
欢乐的时候我微笑着唱歌
悲伤的时候我流着泪唱歌
迷路的时候我用歌声寻路
饥渴的时候我用歌声解渴
我的歌声和伊犁河一样悠长

伊犁河不断，我的歌声也不断
可以没有酒，没有馕
可以没有温暖柔软的炕床
不能没有歌声
不能没有歌声呵
我的歌声是鹰的翅膀
我的歌声是马的四蹄
我的歌声是树上绿色的叶
我的歌声是湖里蓝色的水
歌声是我生命的血液
歌声是我灵魂的形象

母亲给我一副嗓子为了什么
为了唱歌，为了唱歌

1983 年 9 月于伊犁

花　　帽

是的，最珍贵的是人的头颅
所以要把世界上最美的色彩
都绣到圆圆的方方的花帽上
于是人人头上
都有了一圈美妙的光环
都有了一片闪烁着星月的天空
于是人人都成了传说中的神人
不管是在沙漠里，还是冰山上
不管是在烈日下，还是在风雪中
维吾尔人头上永远有春的气息
有葡萄园的浓荫
有苹果林的芳馨

1983 年 9 月于吐鲁番

致 芦 苇

果真是你么
我的故乡的朋友
在江南水乡
你曾经为我编织过无数
水灵灵的绿色的梦

是的，真是你呵
你在炎热的风中摇动青青枝叶
你在漫天飞沙中舒展纤纤风骨
你时起时伏的沙沙絮语
真像我魂牵梦绕的乡音

在这人迹罕至的戈壁滩上
在这天山脚下的盐湖之滨
你突然出现在我眼前
怎能不使我想起

遥远的故土和乡亲
你是怎么来的呢
是东南风吹来了你的种子
是江南雨送来了你的灵魂
还是来自我故乡的创业者
带来了你的生机勃勃的根

你当然不会回答我
只是微微地点头
只是用优美的絮语赠我一片清新
哦，我听见你在说
来吧，来吧，亲爱的朋友
只要甘愿在这里流洒心血和汗水
——“边疆变成江南”
并不是虚幻的梦境

1983 年 9 月于新疆乌苏

赛马印象

小草在风中颤抖
露珠屏住了呼吸
辽阔的草原不安地期待着
一场铁蹄的暴风雨
只有无忧无虑的蝴蝶
依然在缤纷的野花丛中
悠悠作舞……

烟尘从地平线上
缓缓升腾
隐隐约约
传来雄浑幽远的声音
辨不清蹄声
辨不清鞭声
辨不清奔马嘶鸣
辨不清骑手吆喝

是急雨敲打寂寞的地面
是天边微微的雷响
是一群神奇的琵琶
在冥冥之中弹奏
“十面埋伏”……

飞扬的鞭梢出现了
奔腾的马群出现了
好一团呼啸滚动的流云
好一片势不可挡的旋风
马队从天而降
有如变古彩戏法的魔术大师
突然掀开他藏龙卧虎的长袍
让所有的观众瞠目结舌

看不见起落的马蹄
马蹄踏起了黄云
马蹄化作了疾风
看不见彪悍的骑手
骑手已融在尘烟中
尘烟遮云蔽日
尘烟扶摇腾空
尘烟像一柄向前劈刺的剑
那一马当先的骑手
就是凛厉的剑锋
手舞足蹈的人群像潮水
顷刻间浪花飞溅

顷刻间如滚如沸
人人都为自己的骏马喝彩
人人都为自己的骑手欢呼
宁静的草原
顿时变成沸腾的湖泊……

终于寂静了
马队消失在天边
人声和尘烟
一起悄然平息
被惊扰过的小草舒一口气
抖落了绿叶上颤动的露珠
失踪的蝴蝶回来了
又在每一个期待的观者眼前
翩翩作舞
于是，每一个观者视野里
都有了一片希望的色彩
都走回一个凯旋者……

问　榕

——羊城抒怀

二十年没有看见你们
你们老了
成了一群伫立在街畔的老人
你们瀑布一般的胡须
一绺绺一绺绺一绺绺
从浓密的枝叶中垂下来
在熏人的暖风里
悠然而又优雅地飘动

是的，你们老了
然而你们周围的城市
却越来越新鲜
越来越年轻
能告诉我么
你脚下来往人群的色彩

是如何由单调变得绚烂缤纷
你身后林立的高楼大厦
是如何雨后新笋般蹿入天空
能告诉我么
在摩托和“的士”兴奋的呼啸里
在打桩机起重机高亢的吼声中
你们会不会怀念
当年曾幽响在林荫深处的
那橐橐橐橐的木屐声……

你们当然不会回答我
只是默默地让长须
在我头顶优美地飘动
只是无言地向人们奉献着绿
绿得那么恬静
绿得那么浓

1984 年 3 月广东从化温泉

水 仙 吟

一

当百花竞艳
当万木争荣
当轻狂的蜂蝶
在缤纷的芳馨中嘤嘤嗡嗡
我却收起生命之花
用一团沉默的根
浓缩起一片绿茵茵的梦
……

二

在温暖而喧闹的日子里
甘于寂寞　甘于孤独
甘于忍受被人遗忘的苦痛
梦却不会因此褪色

憧憬也不会因此朦胧
假如春天不老
我愿意永远默默无闻
认识自身的价值
沉默也沉默得从容
……

三

当绿变得吝啬
当花儿消失了影踪
凛冽的寒风
要抹尽春的姿容
呼唤我吧
我会在你的案头苏醒
只需要一盆清冷冷的水
一捧晶莹质朴的卵石
我便能赠你一蓬翠绿
赠你一片幽馨
赠你一个寒冬里的阳春
……

四

我的歌消失了最后的音符
春天便会如期来临
是的　泥土
依然是我的归宿
然而绝不是坟墓

我欣慰地沉默着

继续着我永不凋零的梦

……

1984 年

长　城

一

尽管你残缺不全
谁能否认你
还是一个伟丈夫呢
你是牺牲在疆场上
宁死不屈的壮士呵
当流尽最后一滴鲜血
你便舒展开无穷无尽的手臂
紧紧搂定了起伏的山脉
搂定了你为之献身的土地
谁也无法将你埋葬了
你用魁伟而又不屈的姿态
无声地呻吟着，呼吁着
——记住，中国人！
一百年，一千年，一万年

你的声音将不会消失
——记住，中国人！

二

记住什么呢
记住什么
记住这片土地上的光荣
记住这片土地上的耻辱
记住令人血热的金鼓号角
记住令人心寒的刀光剑影
记住欢乐的痛苦的呐喊
记住甜蜜的苦涩的酒浆
记住江河一般的血汗
记住青山一般的白骨
记住排山倒海的出击
记住天翻地覆的溃退
记住燃起又熄灭的烽火
记住折断又竖起的旌旗
……
只要有一个中国人来看你
便会有一个形式不同的答案呵
如果说你只是古老的废墟
有哪一座废墟
能有如此丰富多彩的内涵
如果说你只是历史的遗骸
有哪一件遗骸

能有如此经久不衰的魅力
透过你狭小的堞孔
能望见当年烟尘飞扬的沙场
能望见新的烟囱和楼房
像雨后的笋
从地平线上竞相蹿出
也能望见一支驼队
摇曳着清脆而又悠远的铃铛
缓缓地从你脚下走过
一如当年模样
……

三

是的，当那些
蓝色的、黄色的、棕色的
眼睛
在你面前圆睁着
闪烁出景仰和惊奇
当来自地球各个角落的人们
用不同的语言
发出相同的赞叹
我一次又一次
感到了做一个中国人的
骄傲
是的，将来有一天
人类也许能够把桥

架过太平洋，架过北冰洋
架到火星，架到月亮
架到一切人类想去的地方
你却永远不会消失
你依然会是中国的骄傲
依然会是我们民族的自豪
依然会有无数色彩不同的眼睛
向你投出崇仰惊奇的目光
然而你不能代替现代化呵
现代化也无法代替你

四

我沿着你陡峭的石级
沿着你起伏的城墙
登临一座又一座峰顶
古老的墙缝里
长着永不灭绝的青青野草
高高的烽火台上
飞过一群又一群年轻的山鹰
……
当一道巨大的缺口
阻止了我的脚步
当那些倒塌的断墙残壁
突然充满我的视野
我终于听见了
你无声的深沉的叮咛

——请记住

做一个中国人的骄傲

更请记住

做一个中国人的责任

1984 年春

山　　思

——长江三峡抒情

数不清的山，
千姿百态的山，
古老而又沉默的山呵……
垂首东去的大江，
相峙了多少万年？

想什么就像什么——
凤凰、白龙、犀牛，
铁锁、兵书、宝剑，
也有威严刚勇的武士，
也有脉脉含情的天仙……
可你们在沉思些什么呢？
你们这默然伫立的一群，
是无数斯芬克司，
谜一般凝视着浑黄的江面……

大江却没有丝毫惶惑，
奔腾着歌唱着滚滚向前……
大江怎么会惶惑呢，
她只有胜利者的自豪，
她只有征服者的喜欢——
她是剑，劈开了山的封锁，
她是凿，雕出了山的容颜！

群山垂首，
是在向不可阻挡的大江致意呵！
群山沉默，
是在把失败的原因寻探……

1984 年春于三峡

纤　　夫

伛偻却倔强的身体
是一张张绷紧的弓
紧贴着曲折不平的江岸
缓缓地，缓缓地，移动……
弦，在江面划一道沉重的弧，
轻拨着汹涌起伏的浪峰……

箭在何处？箭在何处？
我只听见纤夫深沉高亢的呼声，
一阵又一阵，一阵又一阵，
撼人心魄，摄人灵魂。
呼号中有以命相搏的激奋，
却没有疑惑和彷徨，
也没有绝望的泣呜，
暴突的筋肉在呼号中时张时弛，
颤抖的脚不断地寻觅着路径……

呵，峡谷会理解他们，
激流会理解他们，
起伏不平的河滩礁盘
也会懂得他们的心声。
假如，那些阴森的崖壁
能用色彩显示纤夫们的憧憬，
在这深沉的呼号中，
定能看见人世间最动人的场景。
于是，在纤夫深沉浑厚的号子里，
我看见一支支燃烧的箭，
呼啸着射穿了峡谷的迷蒙……

1984 年 6 月于长江三峡

峡　　鹰

在这凶险扑朔的峡谷里，
你不倦地寻求着什么呢？
湍急的水流中
很少有你能攫取的食物，
森严的绝壁上
也没有你可以栖身的场所。
然而你始终展开有力的双翅，
锲而不舍与凛冽的江风相搏……

也许是那些逆流而上的征帆，
牵动了你遥远的向往——
航船上那些迎风抖动的帆篷，
多像你的身姿，你的翅膀！
也许是那些与天险搏斗的船夫，
激起了你寻找知音的愿望——
纤夫们那些惊心动魄的号子，

多像你的呼叫，你的歌唱！

你是千百年川江船工的魂魄精灵呵，
一个坚忍勇敢的启示，
一个顽强执着的追求……

1984年春于三峡

古 栈 道

在森严陡峭的万仞绝笔上，
古栈道，画出一个一个“之”字，
奇迹般上升，上升……
不管悬崖如何险峻，
不管蒺藜如何葳蕤，
只要有坚硬的岩石，
它就顽强地嵌进峭壁，
像一条割不断的青藤。
你说这栈道微不足道么？
不，面对这浩浩荡荡的江流，
它可以毫无愧色地生存。
一个是大自然神力的造化，
一个是人类意志的结晶——
在这些古老的栈道上，
分明镌刻着

我们祖国艰难曲折的历史，
我们民族坚忍不拔的精神。

1984年初夏于瞿塘峡

挥　　手

挥一挥手
挥一挥手吧
对着从天上泻下来的恶浪急流
对着在急流中搏斗的孤帆小舟
对着蜿蜒在万仞绝壁的古栈道
对着峡崖上孤零零的农家土楼
挥一挥手吧
挥一挥手

我的挥手常常得到回报
船工在颠簸的舟子中向我挥手
纤夫在崎岖的江岸向我挥手
航标工在高高的悬崖向我挥手
农家的孩子爬在橘树上向我挥手
背着竹篓的行人走在栈道上向我挥手
看不清他们的表情

听不见他们的呼唤
只是远远地、匆匆地
像几棵小草在凛冽的江风中抖了几抖

我挥手
他们也挥手
我看见了他们
他们也看见了我
我的手在空中停得很久很久
我的思索在峡谷里回旋得很久很久
……

人生的旅途遥遥迢迢
谁不曾把手高高地举过头
有人挥手是为了诀别
有人挥手是为了乞求
有人挥手是为了显示权贵的风度
而我们，我们素不相识
只是在这山水相依的大自然中擦肩而过
我们挥手是为了什么
也许，我永远无法解释这些挥手的含义
但我再不会忘记这遥远而又亲切的挥手
这挥手中没有任何虚伪和欺诈
只有心和心真诚的交流

挥一挥手
挥一挥手吧

对着滚滚东去的大江

挥一挥手吧

挥一挥手

1984 年 6 月 10 日于长江三峡中

白 孔 雀

让它们得意洋洋
炫耀那些花花绿绿吧
我耐心地等
默默无声地
等你为我展开一片雪白
一片纯而又纯的晶莹

不要耷拉着脑袋
以为世人的目光偏爱缤纷
抬起头来
你会看见许多期待的眼睛
这眼睛里会流出清泉
能洗净你心头的阴影

为什么彷徨不安呢
在泥泞中踌躇

会玷污你雪样的羽翎
你看阳光已穿过树丛
难道你真的害怕
太阳会融化你的晶莹

1984 年 9 月

灯

当夜幕降落
你的灯还亮着
无论这夜
多么漫长幽暗
你的灯
永远静静闪烁

不吸引蚊蝇
不招惹飞蛾
夏送我清凉
冬赠我暖色
哪怕弥漫浓重的雾
你的灯
总是清醒地亮着

我曾把它淡忘过

（在那灯火辉煌的时候）
如今　我的惭愧
像一只湖蓝的灯罩
掩饰着我淡红的羞晕

我再不会忘记
你的注视是多么执着
你的灯在闪烁

1984年9月

秋　兴

一

梧桐叶是一群群金黄的蝴蝶，
满天满地描绘如期而来的秋景。
曲指着晴空的树枝变得冷冷清清，
凉风中晃荡着一串又一串悬铃，
悬铃永远奏不出悦耳动听的音乐，
只有南飞的雁群遗落一路啼鸣……
落叶无法随候鸟作遥远的长征，
它们的归宿在大地在泥土在树根。

二

谁说秋风里生命走到了尽头，
飘飘坠落的枝叶便是衰亡的象征？
你瞧瞧那些压弯枝头的累累果实，
那色彩那芳馥总使我萌动春心。

是的，果实在世间不会长久，
果核里却蕴藏着顽强绿嫩的新生。
不可更改的是大自然节气的变换，
不可战胜的是世代相传的生命。

三

秋风秋雨未必都结着一个个愁，
寒霜也无法抹尽大地上的笑容。
当牵牛花吐露最后的微笑，
当茑萝羞答答向风雨抛送飞吻，
豪放的菊花们仰天大笑了，
世界上响彻它们缤纷灿烂的笑声。
谁理解了生的欢乐、生的内涵，
谁就能在这笑声里陶醉得很深很深。

四

蓝天变得那么高远、那么透明，
强劲清爽的风驱散了懒洋洋的云。
你看高飞苍天的雁群何等骄傲，
追求温暖的阵营排成个大写的“人”。
人呵，人在秋天里追求什么呢？
用一只手收摘成熟的果实，
用另一只手继续耕耘继续播种，
然后坦然期待着冬天的降临……

1984 年 10 月

我 的 心

一

是的，我的心
曾像一片片凋零的花瓣
撒落在无人的荒野
你来了，你悄悄地走来
用你那纤弱的手
把它们聚拢
但愿我散而复聚的心
永在你温暖的掌握里

二

是的，我的心
也像一个浩渺深沉的湖泊
你说你是帆影
你说你是鹭鸟

那么，你无法离开我的水面
不管你飘向何方飞向何方
我的湖波将深情地簇拥你
只要热血还在脉管里流动
我的湖便不会枯竭

1984 年 11 月

山湖林烟（十一首）

彩色的喧哗

每一种生命都拥有不同的色彩
每一簇水波都发出不同的声音
风在燃烧的秋林里赋诗
泉在曲折的山涧中飞奔
连万古顽石也不甘沉寂
迎着喧哗的秋声含泪低吟

最后的辉煌

谁说这是行将委顿的生命
枝叶间正洋溢
血气方刚的青春
即便明天会在秋风里飘落
只要还活着
就要向世界展现心中的热情

水中秋林

树林从湖里飘飘升起
七彩斑斓
在翠绿的轻绡上无声漫延
水在树中，树在水里
生命就这样静静
交融成一幅举世无双的作品

梦　湖

蓝幽幽的水色如梦
若有若无的树影如梦
天光落在湖里，化成闪烁的银子
暗渚浮出水面，变成飘浮的彩云
碧波无言却倾倒纤纤秋枝
弯腰向湖水投诉一片痴情

涧的哲思

可以从中窥见
流水在奔濯中的思想
岩石如白发苍苍的头颅
是山涧为自己塑像
旅途坎坷起伏
挡不住遥远的向往

涧中石

突兀的棱角

被万古不竭的流水磨平
在急流中亮相
已圆滑成光光的秃顶
原本并非为了挡路
却在水中成为引人思索的风景

觅

恒久的坚忍使弱水变成利剑
劈开顽石
觅一条通向辽阔的道路
在峡谷里流动
在乱石中蜿蜒
投奔大海的旅途多么遥远

湖 畔 枫 树

凝结了四季的霜雪和阳光
火一般燃烧
血一般流淌
伸展你生命的旗帜
在蔚蓝的水和蔚蓝的天之间
飘扬

呼 唤

分明是一只纤纤弱手
在奔濯的水面挥动
随流水漂去的是什么
是缤纷的花瓣

是被秋风打落的树叶
还是曾停在枝头鸣啼的
百灵鸟和云雀

古　　歌

流水琤琤琮琮的流泻
和木轮咿咿呀呀的流动
是人类和自然
美妙而又默契的合唱
水，
孕育了世世代代的生命
生命又在运动中回归于水
一曲古老恒久的歌
日日夜夜回响……

雪　　坡

雪，改变了山坡的颜色
道路在白茫茫的世界中
消隐……
骑手为何牵马举步不前
是在寻找被积雪覆盖的
小径，
还是沉醉于莹洁无涯的
雪景？

1990 年

华莱士纪念碑

只听有人轻声呼唤
——华莱士
一座雪白的石碑
突然就崛起在林荫深处
华莱士站在石碑顶端
默默地冷冷地凝视着我
蹙起的眉峰中
有坚毅也有焦灼
平静的眼神里
有忧伤也有欢乐
身后的橡树像墨绿的巨令
却无法阻挡阳光洒落
阳光披在他宽阔的肩头
也抚摸他前额柔软的发束
一位老人在碑前垂首沉思
手中有一束金黄的花朵

于是竟产生了荒诞的联想
这白色的大理石碑
是一棵巨大的仙人掌
而石碑上的华莱士
是仙人掌开出的无双的花朵
只要仙人掌还在墨西哥繁衍
这白色的仙人掌和奇丽的花
便永不会委顿凋落

我从钱包中挑出五十比索[①]
是的，我要把它带回中国
带回一枚银色的纪念碑
带回一个关于仙人掌的
传说

1985年10月于墨西哥城

① 五十比索的硬币上，刻有华莱士头像。

寻 找 女 神

向导遥指密林深处——
请你们看一尊玛雅女神

女神想必寂寞
孤零零空守一片无人的树林
寻访者匆匆来去
也难改她孤独的处境

当一尊石像耸立前方
我也惊愕成石像一尊
——天下哪有这等女神
不见花容月貌
不见曲线乳峰
粗糙的躯干如力士金刚
斑驳的脸面唯有狰狞
女神女神

玛雅人枉送你一个动人的美名

惊愕中眼睛倏然一亮
石像后飘出一片缤纷的彩云
彩云化成一群玛雅少女
黑发黑眸七色的长裙
喊声笑声嘈杂的歌声
……
少女转瞬便在林中消失
只留下无数含义深长的微笑
留下一路无词的歌
留下沉默的女神
留下我这个惊愕的
外国人

1985 年 11 月于墨西哥

天　　光

枝杈扭结成密不透风的墙
树叶遮盖了蔚蓝的天空
看不清脚下的路
只听到枯叶在鞋底呻吟
于是想起迷途的
玛雅人
在无边林莽中
永远消失了踪影

忽见一道金黄
一道耀眼的天光
如闪电撕裂夜幕
寂静的密林顿时充满
光的回声
所有的幽暗
都喧嚣着消遁

连飘飘而下的落叶
也铿然作声

于是觉得自己成了
考古者
拄着光的手杖踽踽前行
幽径中处处可寻觅
玛雅人的脚印
天光如汹涌的水
冲散了隐蔽在林中的神秘
遥远的玛雅遗迹
刹那间变得很近

1985 年 10 月于尤卡坦

蜂鸟之鸣

寂静中旋起
一串晶莹的声音
是遥远的星星
在夜空里轻轻相碰
清澈的泉水
滴落进透明的银瓶
一个不耐寂寞的孩子
幻想中拉响
天堂的门铃
……

无法找到那歌者
每一片绿叶下
都可以隐匿她娇小的身影
无法藏住那歌声
密林里耳朵多如繁星

只要那歌喉在鸣响
她就主宰着浩瀚的密林
尽管她难得
飞进我的眼睛

1985年10月于尤卡坦

玛雅人墓地

野地中冒出一片耀眼的缤纷
这缤纷属于长眠地下的亡人
墓园竟驱散了旅途荒凉
阳光下闪烁着智慧的结晶
这里是一个微型世界
人间的一切都成了模型
古堡和摩天楼比肩而立
十字架林中耸出教堂尖顶
石碑上镌刻着深情的诗句
绿草中踏出曲折的小径
谁说人世间安静莫过于墓地
在这里听得见心灵的回声

1985 年 10 月

攀登金字塔

一个母亲和一个儿子的对话
在古老的废墟中发出回声
母亲——
往上攀登吧，孩子
我们就像当年的玛雅人
一步一步登上金字塔
去会会那些法力无边的神灵
儿子——
既然神灵法力无边
为什么不保护金字塔呢
你看，石阶上到处是裂缝
到了塔顶，我一定要问问神灵
母亲微笑着无言以对
只是把儿子的手握得更紧

母亲和儿子的脚步

在古老废墟中发出回声

1985 年 10 月于尤卡坦

圣普利斯卡教堂①

树荫中
耸起的尖顶和圆顶
使辽阔的天空不再寂寞
钟声从古老的塔楼飘出
传遍城市的每个角落
千百年前的故事
在钟声中悠悠延续

1985 年 10 月

① 墨西哥中部名城达斯克市内的一座古老的天主教堂。

奎尔纳瓦卡印象[1]

鸽子从绿荫中一群群飞起
飞起一片片雪白的宁静
气球在街心广场悠悠飘动
飘动一颗颗灿烂的童心
围墙锁不住花枝招展
半掩的窗户里暗香浮动
三角梅艳如耀眼的火球
燃烧在每一个幽谧的院庭
古堡像一位垂首沉思的老人
默默俯视阳光下的小城
孩子们在仰望巨大的壁画
壁画中传出马蹄和刀剑的嘶鸣
树丛中歌唱着两把吉他

---

① 奎尔纳瓦卡，墨西哥中部一个美丽的小城，当地人誉之为“花城”。

歌声里流淌着甜蜜的忧伤

也流淌着平静的欢欣

1985 年 10 月

古堡和孩童

在奎尔纳瓦卡一座古堡的门廊前，一群孩子在唱歌嬉戏……

历史和未来
在蓝天白云下融成一体
古堡象征着历史
历史在沉默
孩童意味着未来
未来在唱歌
未来的歌声能感染一切
古堡也因此年轻
童颜照耀着世界
世界便不会衰老

1986 年 2 月

巨　　兽

——埃利卡斯蒂略大金字塔

茫茫平野上一头巍峨的巨兽
千百年静卧千百年沉默
天天看血红的太阳起落
夜夜被晶莹的星光抚摸
石梯间蜿蜒着狰狞的羽蛇
挣不脱岩石冷冰冰的束缚
古老的谜被古老的暗穴深埋
暗穴里回荡着现代人的脚步
只有钻出岩缝的青青小草
摇曳着几丝生命的欢乐

1985 年 10 月于尤卡坦

乡村教堂

悠悠钟鸣已经融进蓝色苍穹
多姿的棕榈树默然伫立于庭院
印第安人的礼拜正在进行
院墙内隐约传出唱诗班的歌声
没有什么时候比此刻更宁静了
思绪如阳光下轻飏的微风
心情似蓝天上飘动的白云
风在聆听，云在聆听
高大的棕榈们也在聆听
屏息驻足的，还有一个
来自大洋彼岸的旅人

1985 年 10 月于美利达